나태주 대표시 선집

나태주

1945년 충남 서천에서 출생하여 1960년 초등학교 교사가 되는 공주사범학교에 입학하며 운명적으로 시를 만났다. 집안 내력에 문사적 기질이 있는 것도 아니고 다만 사모하는 여학생에 대한 감정을 어떻게 표현하면 좋을까 궁리하다가 시를 만난 것이다. 그 시절 신석정과 김영랑, 김소월의 시를 읽고 청록파 3인 박목월, 박두진, 조지훈 등 시인들의 시를 만나 많은 도움을 얻었으며, 『한국 전후 문제 시집』은 좋은 교과서가 되었다.

군 제대 후 교사로 복직하면서 다시 한 여성을 만나 호되게 실연의 고배를 마시고 비틀거리다가, 그 비애감을 표현한 시 「대숲 아래서」로 1971년 서울신문 신춘문예에 당선되었다. 심사위원은 소년 시절 좋아했던 박목월, 박남수 두 분이었다.

나태주 대표시 선집

이제 너 없이도 너를 좋아할 수 있다

초판 1쇄 발행 2017년 4월 5일
초판 8쇄 발행 2024년 6월 3일

지은이   나태주

펴낸이   김선기
펴낸곳   (주)푸른길
출판등록   1996년 4월 12일 제16-1292호
주소   (08377) 서울시 구로구 디지털로 33길 48 대륭포스트타워 7차 1008호
전화   02-523-2907, 6942-9570~2
팩스   02-523-2951
이메일   purungilbook@naver.com
홈페이지   www.purungil.co.kr

ISBN   978-89-6291-384-2 03810

나태주 대표시 선집

이제 너 없이도 너를 좋아할 수 있다

푸른길

당신도 부디

아무래도 말기 행성인 지구
이 지구에 와서 만난 당신
가장 정다운 사람인 당신

우리가 만나고 헤어지고
가슴 졸여 사랑했던 일들을
오래도록 기억하고 싶습니다

주황빛 혼곤한 슬픔과
성가신 그리움이며 슬픔들까지
오래오래 간직하고 싶습니다

당신도 부디 그래 주시기 바랍니다.

*

손 안에 드는 시, 시집. 나의 이 시집이 그렇게 되었으면 좋겠습니다.
마음 안에 깃드는 시, 시집. 나의 이 시집이 그렇게 되기를 바랍니다.

2017년 새봄

나태주

2017. 1. 16 나태주

| 실은 순서

4　책머리에

12　가을아내
13　인생
14　가을양산
15　사막
16　어린 낙타
18　고등어 산다
19　화엄
20　아제아제
22　피안
23　빈자리
24　동행
25　그냥
26　돌아오는 길
27　어버이날
28　사랑에 답함
29　꽃·3
30　이별
31　사는 법
32　이 가을에
33　여행
34　아끼지 마세요

36　꽃·2
37　산책
38　풀꽃·3
39　잔치국수
40　생명
41　그리움·3
42　꽃·1
43　초라한 고백
44　꽃잎·2
45　두 여자
46　묘비명
47　그 말
48　화살기도
49　나무
50　한 사람 건너
51　꽃그늘
52　개양귀비
53　풀꽃·2
54　풀꽃과 놀다
56　강아지풀에게 인사
57　부부·3
58　개처럼
59　오리 세 마리

60	황홀극치	89	너무 그러지 마시어요
62	황홀	90	희망·2
63	좋다	92	다시 9월이
64	너도 그러냐	94	눈부신 속살
66	첫눈	95	그날 이후
67	날마다 기도	96	시간
68	기도	97	꽃이 되어 새가 되어
69	섬에서	98	울던 자리
70	11월	99	나는 아직도 아내가 그립다
71	완성	100	능금나무 아래
72	선종	101	선물·2
73	멀리서 빈다	102	지상에서의 며칠
74	은빛	103	오늘도 그대는 멀리 있다
76	먼 곳	104	아름다운 짐승
78	부부·2	106	안부
79	좋은 약	107	산수유꽃 진 자리
80	꽃 피는 전화	108	오늘의 약속
81	부탁	110	아내·1
82	몽당연필	111	서울, 하이에나
84	뒤를 돌아보며	112	천천히 가는 시계
86	연애	114	꽃잎·1
87	부부·1	115	풀꽃·1
88	아내·2	116	산촌엽서

118 게으름 연습

120 바다에서 오는 버스

122 태백선

124 별리

126 추억

128 꽃 피우는 나무

130 행복

131 무인도

132 미소 사이로

134 귀소

136 딸에게 · 2

137 돌멩이

138 서러운 봄날

141 화이트 크리스마스

144 내가 사랑하는 계절

147 딸에게 · 1

148 사소하고 참으로 사소한

150 강물과 나는

153 멀리까지 보이는 날

155 사는 일

158 뒷모습

160 눈부신 세상

161 사랑

162 저녁 일경—景

163 순정

164 악수

166 하늘의 서쪽

168 나뭇결

170 방생

172 촉

173 기쁨

174 호명

176 그리움 · 2

177 하오의 한 시간

178 노래

180 순대국밥집

182 바람에게 묻는다

183 가로등

184 지는 해 좋다

186 붓꽃

188 꿈

190 퇴근

191 잠들기 전 기도

192 그리움 · 1

193 시

194 선물 · 1

196 희망 · 1

197 통화

198 사랑은 혼자서

199 노을

200 떠나와서

201 제비꽃

202 3월

204 다리 위에서

206 유리창

208 유월 기집애

210 들길을 걸으며

212 에라

214 아름다운 사람

215 그대 떠난 자리에

216 어쩌다 이렇게

218 오늘도 이 자리

220 안개

221 편지

222 쓸쓸한 여름

223 하물며

224 초등학교 선생님

225 앉은뱅이꽃

226 기도

228 사랑하는 마음 내게 있어도

230 세상에 나와 나는

232 비단강

233 난초여 난초여

234 굴뚝각시

236 사랑이여 조그만
    사랑이여 · 75

238 사랑이여 조그만
    사랑이여 · 72

239 사랑이여 조그만
    사랑이여 · 45

240 사랑이여 조그만
    사랑이여 · 19

241 서정시인

242 안개가 짙은들

243 내가 너를

244 배회

248 소나무에도 이모님의 웃음
    뒤에도

250 메꽃

252 변방의 풀잎

259 숲속에 그 나무 아래

261 돌계단

263 봄날에

265 구름

266 막동리 소묘

270 내가 꿈꾸는 여자

272 산거

275 산

278 우물터에서

280 오월에

284 가을 서한 · 2

286 등 너머로 훔쳐 듣는
    대숲바람 소리

288 어린 날에 듣던 솔바람 소리

290 언덕에서

293 빈손의 노래

298 진눈깨비

300 겨울 달무리

302 초승달

304 상수리나뭇잎 떨어진 숲으로

306 가을 서한·1

308 들국화·2

310 어머니 치고 계신 행주치마는

312 노상에서

314 대숲 아래서

316 다시 산에 와서

319 들국화·1

320 하일음夏日吟

322 외할머니

324 나태주 문학연보

이제 너 없이도 너를 좋아할 수 있다

가을아내

내려다보니 문득
손등이 많이 늙었다

아침햇살이 내려와
실핏줄을 파랗게 비춘다

모처럼 손을 쥐어본다
아직은 따스하고 부드럽다.

(2015)

인생

애야, 너는 머리가
좋은 아이가 아냐

노력을 하니까
그만큼이나 하는 거야

어려서 외할머니
그 말씀이 나의 길이 되었다.

(2015)

가을양산

가을볕 받아
양산 받고 나온 아낙
개울가 돌다리 건너는 맨발

늙었어도 예쁘다
양산 위에 새겨진 붉은 꽃
가을이라 더 예쁘다.

(2015)

사막

너와 내가
부둥켜안고 살다가
모래가 되고

드디어
모래바람이 되어
다시 일어서야 하는 땅

너도 사라지고
나도 사라지고 없는
바로 그 어디쯤.

(2015)

어린 낙타

날마다 네 마음속
어린 낙타 한 마리를 깨워
길을 떠나라
아직은 어린 낙타이니
그의 등에 올라타지는 말고
옆에 서서 함께 걸어라
낙타가 걸으면 걷고
낙타가 쉬면 쉬고
낙타가 바라보는 곳을
따라서 바라볼 일이다
때로는 낙타가 뜯어먹는
낙타 풀도 먹어야 하겠지만
부디 입술이나 잇몸에서
피가 나지 않도록 조심해라
네 마음속 어린 낙타 한 마리가
너의 스승이며 이웃이며
처음이자 마지막

길동무임을 잊지 말아라.

(2015)

고등어 산다

맨드라미 피어서 붉은
9월도 초순의 저녁 무렵
제민천 따라서 자전거 타고
하루해도 기울어 집에 가다가
간고등어 안동 간고등어
네 손에 만 원 외치는 소리
자전거 내려서 고등어 산다

집에 사 가지고 가보았자
먹을 입도 없는데 무엇을
이런 거 사왔느냐 집사람
핀잔하고 외면할지 몰라도
어려서 외할머니 밥상에서
수저에 얹어주시던 고등어
생각이 나서 문득 고등어 산다.

(2015)

화엄

꽃장엄이란 말
가슴이 벅찹니다

꽃송이 하나하나가
세상이요 우주라지요

아, 아, 아,
그만 가슴이 열려

나도 한 송이 꽃으로 팡!
터지고 싶습니다.

(2015)

아제아제

날마다 날마다
우리들 하루하루는
눈물과 한숨과 땀방울
절름발이의 언덕

언덕 너머 들판 넘어
강물을 건너
갑시다 갑시다
어서 갑시다

저 너머 흰구름
꽃으로 피어나는 곳
꽃 보러 갑시다
미소 보러 갑시다

아닙니다 우리가
꽃이 되러 갑시다
미소 되러 갑시다
어서 같이 갑시다.

(2015)

피안

강 건너 저편 언덕
꽃이 새로 피어나는지

꽃나무 아래 누군가
이쪽을 생각하는지

또다시 구름이 술렁이네
바람에 향기가 묻어오네

그 실은 한 번도
만난 적 없는 당신.

(2015)

빈자리

누군가 아름답게
비워둔 자리
누군가 깨끗하게
남겨둔 자리

그 자리에 앉을 때
나도 향기가 되고
고운 새소리 되고
꽃이 됩니다

나도 누군가에게
아름답고 깨끗하게
비워둔 자리이고 싶습니다.

(2015)

동행

어머니는 언제 죽나?
내가 죽을 때 죽지.

(2015)

그냥

어떻게 살았어?
그냥요

어떻게 살 거야?
그냥요

그냥 살기도
그냥 되는 것만은 아니다.

(2015)

돌아오는 길

점심 모임을 갖고 돌아오면서
짬짬이 시간
돌아오는 길에 들러 본 집이 좋았고
만난 사람은 더 좋았다

혼자서 오래 산 사람
오래 살았지만 외로움을 잘 챙겼고
그러므로 따뜻함을 잃지 않은 사람
마주 앉아 마신 향기로운 차가 좋았고
서로 웃으며 나눈 이야기는 더욱 좋았다

우리네 일생도 그렇게
끝자락이 더 좋았다고 향기로웠다고
말할 수 있었으면 참 좋겠다.

(2014)

어버이날

고마워요
그냥 엄마가 내 엄마인 것이
고마워요

고맙구나
그냥 네가 내 아들인 것이
고맙구나.

(2014)

사랑에 답함

예쁘지 않은 것을 예쁘게
보아주는 것이 사랑이다

좋지 않은 것을 좋게
생각해주는 것이 사랑이다

싫은 것도 잘 참아주면서
처음만 그런 것이 아니라

나중까지 아주 나중까지
그렇게 하는 것이 사랑이다.

(2012)

꽃·3

예뻐서가 아니다
잘나서가 아니다
많은 것을 가져서도 아니다
다만 너이기 때문에
네가 너이기 때문에
보고 싶은 것이고 사랑스런 것이고 안쓰러운 것이고
끝내 가슴에 못이 되어 박히는 것이다
이유는 없다
있다면 오직 한 가지
네가 너라는 사실!
네가 너이기 때문에
소중한 것이고 아름다운 것이고 사랑스런 것이고 가득한 것이다
꽃이여, 오래 그렇게 있거라.

(2012)

이별

지구라는 별
오늘이라는 하루
두 번 다시 만나지 못할
정다운 사람인 너

네 앞에 있는 나는 지금
울고 있는 거냐?
웃고 있는 거냐?

(2012)

사는 법

그리운 날은 그림을 그리고
쓸쓸한 날은 음악을 들었다

그리고도 남는 날은
너를 생각해야만 했다.

(2012)

이 가을에

아직도 너를
사랑해서 슬프다.

(2012)

여행

떠나온 곳으로 다시는
돌아갈 수 없다는 걸 알기까지는
많은 시간이 필요했다.

(2012)

아끼지 마세요

좋은 것 아끼지 마세요
옷장 속에 들어 있는 새로운 옷 예쁜 옷
잔칫날 간다고 결혼식장 간다고
아끼지 마세요
그러다 그러다가 철 지나면 헌 옷 되지요

마음 또한 아끼지 마세요
마음속에 들어 있는 사랑스런 마음 그리운 마음
정말로 좋은 사람 생기면 준다고
아끼지 마세요
그러다 그러다가 마음의 물기 마르면 노인이 되지요

좋은 옷 있으면 생각날 때 입고
좋은 음식 있으면 먹고 싶은 때 먹고
좋은 음악 있으면 듣고 싶은 때 들으세요
더구나 좋은 사람 있으면
마음속에 숨겨두지 말고
마음껏 좋아하고 마음껏 그리워하세요

그리하여 때로는 얼굴 붉힐 일
눈물 글썽일 일 있다 한들
그게 무슨 대수겠어요!
지금도 그대 앞에 꽃이 있고
좋은 사람이 있지 않나요
그 꽃을 마음껏 좋아하고
그 사람을 마음껏 그리워하세요.

(2012)

꽃·2

예쁘다는 말을
가볍게 삼켰다

안쓰럽다는 말을
꿀꺽 삼켰다

사랑한다는 말을
어렵게 삼켰다

섭섭하다, 안타깝다,
답답하다는 말을 또 여러 번
목구멍으로 넘겼다

그리고서 그는 스스로 꽃이 되기로 작정했다.

(2012)

산책

백합꽃 향기 너무 진하여 저녁때
대문이 절로 열렸네.

(2012)

풀꽃·3

기죽지 말고 살아봐
꽃 피워봐
참 좋아.

(2012)

잔치국수

잔치국수는 눈물이다
눈물이라도 툼벙툼벙 떨어지는 눈물이 아니라
볼을 타고 소리 없이 흐르는 눈물이다

잔치국수는 울음이다
울음이라도 가슴 치는 통곡이 아니라
흐느껴 목구멍 속으로 잦아드는 울음이다

잔치국수는 해거름녘이다
끼니때도 훨씬 지난 새참 때
길게 늘어뜨린 그림자다
휘청휘청 걷는 걸음걸이다

고운 눈썹 시집 간 누나가 먹고 갔다
점잖은 사돈어른이 자시고 갔다
당숙어른도 외삼촌도 한 그릇씩 자시고 갔다.

(2011)

생명

누군가 죽어서
밥이다

더 많이 죽어서
반찬이다

잘 살아야겠다.

(2011)

그리움·3

가지 말라는데 가고 싶은 길이 있다
만나지 말자면서 만나고 싶은 사람이 있다
하지 말라면 더욱 해보고 싶은 일이 있다

그것이 인생이고 그리움
바로 너다.

(2011)

꽃 · 1

다시 한 번만 사랑하고
다시 한 번만 죄를 짓고
다시 한 번만 용서를 받자

그래서 봄이다.

(2011)

초라한 고백

내가 가진 것을 주었을 때
사람들은 좋아한다

여러 개 가운데 하나를
주었을 때보다
하나 가운데 하나를 주었을 때
더욱 좋아한다

오늘 내가 너에게 주는 마음은
그 하나 가운데 오직 하나
부디 아무 데나 함부로
버리지는 말아다오.

(2011)

꽃잎·2

천사들이 신었던
신발이 흩어져 있네

미끄럼틀 아래
그네 아래 그리고
꽃나무 아래

무슨 급한 일이 있어
천사들은 신발을 버려둔 채
하늘나라로 돌아간 것일까?

(2011)

두 여자

한 여자로부터
버림받는 순간
나는 시인이 되었고

한 여자로부터
용납되는 순간
나는 남편이 되었다.

(2011)

묘비명

많이 보고 싶겠지만

조금만 참자.

(2011)

그 말

보고 싶었다
많이 생각이 났다

그러면서도 끝까지
남겨두는 말은
사랑한다
너를 사랑한다

입속에 남아서 그 말
꽃이 되고
향기가 되고
노래가 되기를 바란다.

(2011)

화살기도

아직도 남아있는 아름다운 일들을
이루게 하여 주소서
아직도 만나야 할 좋은 사람들을
만나게 하여 주소서
아멘이라고 말할 때
네 얼굴이 떠올랐다
퍼뜩 놀라 그만 나는
눈을 뜨고 말았다.

(2011)

나무

너의 허락도 없이
너에게 너무 많은 마음을
주어버리고
너에게 너무 많은 마음을
뺏겨버리고
그 마음 거두어들이지 못하고
바람 부는 들판 끝에 서서
나는 오늘도 이렇게 슬퍼하고 있다
나무 되어 울고 있다.

(2011)

한 사람 건너

한 사람 건너 한 사람
다시 한 사람 건너 또 한 사람

애기 보듯 너를 본다

찡그린 이마
앙다문 입술
무슨 마음 불편한 일이라도
있는 것이냐?

꽃을 보듯 너를 본다.

(2011)

꽃그늘

아이한테 물었다

이담에 나 죽으면
찾아와 울어줄 거지?

대답 대신 아이는
눈물 고인 두 눈을 보여주었다.

(2011)

개양귀비

생각은 언제나 빠르고
각성은 언제나 느려

그렇게 하루나 이틀
가슴에 핏물이 고여

흔들리는 마음 자주
너에게 들키고

너에게로 향하는 눈빛 자주
사람들한테도 들킨다.

(2011)

풀꽃·2

이름을 알고 나면 이웃이 되고
색깔을 알고 나면 친구가 되고
모양까지 알고 나면 연인이 된다
아, 이것은 비밀.

(2010)

풀꽃과 놀다

그대 만약 스스로
조그만 사람 가난한 사람이라 생각한다면
풀밭에 나아가 풀꽃을 만나보시라

그대 만약 스스로
인생의 실패자, 낙오자라 여겨진다면
풀꽃과 눈을 포개보시라

풀꽃이 그대를 향해 웃어줄 것이다
조금씩 풀꽃의 웃음과
풀꽃의 생각이 그대 것으로 바뀔 것이다

그대 부디 지금, 인생한테
휴가를 얻어 들판에서 풀꽃과
즐겁게 놀고 있는 중이라 생각해보시라

그대의 인생도 천천히

아름다운 인생 향기로운 인생으로

바뀌게 됨을 알게 될 것이다.

(2010)

강아지풀에게 인사

혼자 노는 날

강아지풀한테 가 인사를 한다
안녕!

강아지풀이 사르르
꼬리를 흔든다

너도 혼자서 노는 거니?

다시 사르르
꼬리를 흔든다.

(2010)

부부·3

한 사람은 죽고 한 사람은 별이 되고
한 사람은 죽고 한 사람은 꽃이 되고
한 사람은 죽고 한 사람은 돌이 되지만
두 사람 모두 살아 돌이 되기도 한다.

(2010)

개처럼

아침 밥상에 모처럼
익힌 꽃게가 한 마리 통째로 올라와 있었다
꽃게가 담긴 접시를 들고 식탁의
구석진 자리 의자에 가 앉았다
왜 귀퉁이에 들어가 앉고 그래요?
응, 어렸을 때부터 맛있는 것이 있으면
구석진 곳에 가서 먹었거든
개처럼?
비유가 좀 그렇다!
우리는 마주 보며 모처럼 크게 웃었다.

(2010)

오리 세 마리

어떻게 알고 찾아왔는지
산골 저수지에 오리 세 마리

저렇게 오리가 세 마리면
짝이 안 맞아 싸우지 않을까?

아니야, 아닐 거야
저 가운데 한 마리는 애기오리

엄마 아빠 사이에 끼어
세 마리가 더욱 정다울 거야.

(2010)

황홀극치

황홀, 눈부심
좋아서 어쩔 줄 몰라 함
좋아서 까무러칠 것 같음
어쨌든 좋아서 죽겠음

해 뜨는 것이 황홀이고
해 지는 것이 황홀이고
새 우는 것 꽃 피는 것 황홀이고
강물이 꼬리를 흔들며 바다에
이르는 것 황홀이다

그렇지, 무엇보다
바다 울렁임, 일파만파, 그곳의 노을,
빠져 죽어버리고 싶은 충동이 황홀이다

아니다, 내 앞에
웃고 있는 네가 황홀, 황홀의 극치다

도대체 너는 어디서 온 거냐?
어떻게 온 거냐?
왜 온 거냐?
천 년 전 약속이나 이루려는 듯.

(2010)

황홀

시시각각 물이 말라 졸아붙는 웅덩이를
본 일이 있을 것이다
오직 웅덩이를 천국으로 알고 살아가던
송사리 몇 마리
파닥파닥 튀어 오르다가 뒤채다가
끝내는 잠잠해지는 몸짓
송사리 엷은 비늘에 어리어 파랗게
무지개를 세우던 햇빛, 그 황홀.

(2010)

좋다

좋아요
좋다고 하니까 나도 좋다.

(2010)

너도 그러냐

나는 너 때문에 산다

밥을 먹어도
얼른 밥 먹고 너를 만나러 가야지
그러고
잠을 자도
얼른 날이 새어 너를 만나러 가야지
그런다

네가 곁에 있을 때는 왜
이리 시간이 빨리 가나 안타깝고
네가 없을 때는 왜
이리 시간이 더딘가 다시 안타깝다

멀리 길을 떠나도 너를 생각하며 떠나고
돌아올 때도 너를 생각하며 돌아온다
오늘도 나의 하루해는 너 때문에 떴다가
너 때문에 지는 해이다

너도 나처럼 그러냐?

(2010)

첫눈

요즘 며칠 너 보지 못해
목이 말랐다

어젯밤에도 깜깜한 밤
보고 싶은 마음에
더욱 깜깜한 마음이었다

몇 날 며칠 보고 싶어
목이 말랐던 마음
깜깜한 마음이
눈이 되어 내렸다

네 하얀 마음이 나를
감싸 안았다.

(2010)

날마다 기도

간구의 첫 번째 사람은 너이고
참회의 첫 번째 이름 또한 너이다.

(2010)

기도

한 가지 말씀만
한 가지 소원만

하나님이 알아들으실 때까지
하나님이 들어주실 때까지

어린아이가 울면서
엄마한테 떼를 쓰듯이.

(2010)

섬에서

그대, 오늘

볼 때마다 새롭고
만날 때마다 반갑고
생각날 때마다 사랑스런
그런 사람이었으면 좋겠습니다

풍경이 그러하듯이
풀잎이 그렇고
나무가 그러하듯이.

(2009)

11월

돌아가기엔 이미 너무 많이 와버렸고
버리기에는 차마 아까운 시간입니다

어디선가 서리 맞은 어린 장미 한 송이
피를 문 입술로 이쪽을 보고 있을 것만 같습니다

낮이 조금 더 짧아졌습니다
더욱 그대를 사랑해야 하겠습니다.

(2009)

완성

집에 밥이 있어도 나는
아내 없으면 밥을 먹지 않는 사람

내가 데려다주지 않으면 아내는
서울 딸네 집에도 가지 못하는 사람

우리는 이렇게 함께 살면서
반편이 인간으로 완성되고 말았다.

(2009)

선종

피
한 방울
놓쳐버린 바다

울며
떠난 고래는
돌아오지 않았다

다만 노을이 붉었다.

(2009)

멀리서 빈다

어딘가 내가 모르는 곳에
보이지 않는 꽃처럼 웃고 있는
너 한 사람으로 하여 세상은
다시 한 번 눈부신 아침이 되고

어딘가 네가 모르는 곳에
보이지 않는 풀잎처럼 숨 쉬고 있는
나 한 사람으로 하여 세상은
다시 한 번 고요한 저녁이 온다

가을이다, 부디 아프지 마라.

(2009)

은빛

눈이 내리다 말고 달이 휘영청 밝았다

밤이 깊을수록 저수지 물은
더욱 두껍게 얼어붙어
쩡, 쩡, 저수지 중심으로 모여드는 얼음의
등 터지는 소리가 밤새도록 무서웠다

그런 밤이면 머언 골짝에서
여우 우는 소리가 들리고
하행선 밤기차를 타고 가끔
서울 친구가 찾아오곤 했다

친구는 저수지 길을 돌아서 왔다고 했다

그런 밤엔 저수지도 은빛
여우 울음소리도 은빛
사람의 마음도 분명 은빛
한가지였을 것이다.

(2009)

먼 곳

어려서 외할머니와 둘이
오막살이집에서 살 때
자주 외할머니와 뒷동산에 올라
먼 곳을 바라보곤 했다

가을날 같은 때 군청색 굼실굼실
물결쳐 간 산봉우리들 너머
외할머니도 먼 곳을 바라보고
나도 먼 곳을 바라보고 있었다

외할머니가 바라본 먼 곳이
어떤 것인지는 모른다
그러나 나는 마음속으로 아라비아사막이거나
스위스 같은 곳을 먼 곳이라고 꿈꾸곤 했다

그 뒤로 나는 먼 곳을 많이 다녀보았다
여러 날 먼 곳을 서성이는 사람이 되기도 했다
지금은 또 그 먼 곳에서 살고 있다

생각해 보니 외할머니와 살던
오막살이집이 먼 곳이고
외할머니와 함께 올라 먼 곳을 바라보던
뒷동산이 먼 곳이었다.

(2009)

부부 · 2

오래고도 가늘은 외길이었다

어렵게, 어렵게 만나 자주
다투고 울고 화해하고 더러는
웃기도 하다가 이렇게 늙어버렸다

고맙습니다.

(2008)

좋은 약

큰 병 얻어 중환자실에 널브러져 있을 때
아버지 절룩거리는 두 다리로 지팡이 짚고
어렵사리 면회 오시어
한 말씀, 하시었다

애야, 너는 어려서부터 몸은 약했지만
독한 아이였다
네 독한 마음으로 부디 병을 이기고 나오너라
세상은 아직도 징글징글하도록 좋은 곳이란다

아버지 말씀이 약이 되었다
두 번째 말씀이 더욱
좋은 약이 되었다.

(2008)

꽃 피는 전화

살아서 숨 쉬는 사람인
것만으로도 좋아요
아믄, 아믄요
그냥 거기 계신 것만으로도 참 좋아요
그러엄, 그러믄요
오늘은 전화를 다 주셨군요
배꽃 필 때 배꽃 보러
멀리 한 번 길 떠나겠습니다.

(2008)

부탁

너무 멀리까지는 가지 말아라
사랑아

모습 보이는 곳까지만
목소리 들리는 곳까지만 가거라

돌아오는 길 잊을까 걱정이다
사랑아.

(2008)

몽당연필

초등학교 선생 할 때
아이들 버린 몽당연필들
주워다 모은 게 한 필통 가득이다

상처 입고 망가지고
닳아질 대로 닳아진 키 작은 녀석들
글을 쓸 때마다 곱게 다듬어
볼펜 깍지에 끼워서 쓰곤 한다

무슨 궁상이냐고
무슨 두서럭이냐고 번번이
핀잔을 해대는 아내

아내도 나에겐 하나의 몽당연필이다
많이 닳아지고 망가졌지만
아직은 쓸모가 남아있는 몽당연필이다

아내 눈에 나도 하나의
몽당연필쯤으로 보여졌으면
싶은 날이 있다.

(2008)

뒤를 돌아보며

가다가, 바람보다 빨리
가다가 문득 뒤를 바라본다
발밑에 붉은 꽃
다만 이름을 버리고 붉은 꽃

가다가, 바람보다 먼저
가다가 돌아서서 바라본다
안개에 싸인 산
산에 묻힌 또 새소리

아, 니들이 나를 불렀구나
나를 불러 세웠구나

나보다 더 빠르게 간 그는
지금 어디쯤 멈춰 서서
뒤를 돌아보며 내가 오기를
기다리고 있는 걸까?

(2008)

연애

날마다 잠에서
깨어나자마자 당신 생각을
마음속 말을 당신과 함께
첫 번째 기도를 또 당신을 위해

그런 형벌의 시절도 있었다.

(2007)

부부 · 1

겨우겨우 두 마리 짐승이 되다

마주 누워 머리칼을 쓰다듬어 주기도 하고
거꾸로 누워 맨발바닥을 주물러 주기도 하고
잠을 잘 때도 마주 잡은 손 쉬이 놓지 못한다

겨우겨우 짐승이 사람보다 윗질인 것을
알게 되다.

(2007)

아내·2

이 지푸라기 머리칼을
언제 또 쓰다듬어주나?

짧은 속눈썹의 이 여자 고요한 눈을
언제 또 들여다보나?

작아서 귀여운 코
조금쯤 위로 들려 올라간 입술

이 지푸라기 머리칼을 가진 여자를
어디 가서 다시 만나나?

(2007)

너무 그러지 마시어요

　너무 그러지 마시어요. 너무 섭섭하게 그러지 마시어요. 하나님, 저에게가 아니에요. 저의 아내 되는 여자에게 그렇게 하지 말아달라는 말씀이에요. 이 여자는 젊어서부터 병과 더불어 약과 더불어 산 여자예요. 세상에 대한 꿈도 없고 그 어떤 사람보다도 죄를 안 만든 여자예요. 신장에 구두도 많지 않은 여자구요, 장롱에 비싸고 좋은 옷도 여러 벌 가지지 못한 여자예요. 한 남자의 아내로서 그림자로 살았고 두 아이의 엄마로서 울면서 기도하는 능력밖엔 없는 여자이지요. 자기 이름으로 꽃밭 한 평, 채전밭 한 귀퉁이 가지지 못한 여자예요. 남편 되는 사람이 운전조차 할 줄 모르는 쑥맥이라서 언제나 버스만 타고 다닌 여자예요. 돈을 아끼느라 꽤나 먼 시장 길도 걸어다니고 싸구려 미장원에만 골라 다닌 여자예요. 너무 그러지 마시어요. 가난한 자의 기도를 잘 들어 응답해주시는 하나님, 저의 아내 되는 사람에게 너무 섭섭하게 그러지 마시어요.

(2007)

희망·2

날이 개면 시장에 가리라
새로 산 자전거를 타고
힘들여 페달을 비비며

될수록 소로길을 찾아서
개울길을 따라서
흐드러진 코스모스 꽃들
새로 피어나는 과꽃들 보며 가야지

아는 사람을 만나면 자전거에서 내려
악수를 청하며 인사를 할 것이다
기분이 좋아지면 휘파람이라도 불 것이다

어느 집 담장 위엔가

넝쿨콩도 올라와 열렸네

석류도 바깥세상이 궁금한지

고개 내밀고 얼굴 붉혔네

시장에 가서는

아내가 부탁한 반찬거리를 사리라

생선도 사고 채소도 사 가지고 오리라.

(2007)

다시 9월이

기다리라, 오래오래
될 수 있는 대로 많이
지루하지만 더욱

이제 치유의 계절이 찾아온다
상처받은 짐승들도
제 혀로 상처를 핥아
아픔을 잊게 되리라

가을 과일들은
봉지 안에서 살이 오르고
눈이 밝고 다리 굵은 아이들은
멀리까지 갔다가 서둘러 돌아오리라

구름 높이, 높이 떴다
하늘 한 가슴에 새하얀
궁전이 솟았다

이제 제각기 가야 할 길로
가야 할 시간
기다리라, 더욱
오래오래 그리고 많이.

(2007)

눈부신 속살

담장 위에 호박고지 가을볕 좋다
짜랑짜랑 소리 날듯 가을볕 좋다
주인 잠시 집 비우고 외출한 사이
집 지키는 호박고지 새하얀 속살

눈부신 그 속살에
축복 있으라.

(2007)

그날 이후

병원에 다녀온 뒤 몸이 더 작아졌고
직장을 그만둔 뒤 마음이 더 작아졌다

날마다 집에서만 지내다가
가끔은 아내 따라 시장에도 간다

아내가 생선을 사면 그것을 들고 다니고
아내가 잔치국수를 먹자 그러면 잔치국수를 먹는다

잔치국수 값은 2천 5백 원
오늘은 이것으로 배가 부르다.

(2007)

시간

누군가 한 사람 창가에 앉아
울먹이고 있다
햇빛이 스러지기 전에 떠나야 한다고
한 번 가선 돌아올 수 없는 길을
가야만 한다고
그곳은 아주 먼 곳이라고
조그만 소리로 속삭이고 있다
잠시만 더 나와 함께 여기
머물다 갈 수는 없나요?
손이라도 잡아주고 싶어 손을 내밀었을 때
이미 그의 손은 보이지 않았다.

(2007)

꽃이 되어 새가 되어

지고 가기 힘겨운 슬픔 있거든
꽃들에게 맡기고

부리기도 버거운 아픔 있거든
새들에게 맡긴다

날마다 하루해는 사람들을 비껴서
강물 되어 저만큼 멀어지지만

들판 가득 꽃들은 피어서 붉고
하늘가로 스치는 새들도 본다.

(2007)

울던 자리

여기가 셋이서 울던 자리예요
저기도 셋이서 울던 자리예요
그리고 저기는 주저앉아
기도하던 자리고요

병원 로비에서
복도에서
의자 위에서
그냥 맨바닥 위에서

준비 안 된 가족과의 헤어짐이
너무나도 힘겨워서
가장의 죽음 앞에 한꺼번에 무너져서

여러 날 그들은
비를 맞아 날 수 없는
세 마리의 산비둘기였을 것이다.

(2007)

나는 아직도 아내가 그립다

아내는 안방에서 혼자 자고
나도 문간방에서 혼자 잔다
혼자 자면서 가끔 아내와 함께
잠드는 것을 꿈꾸곤 한다
좀 더 따뜻할 거야
사람의 숨소리도 가깝게 들을 수 있을 것이고
밤마다 악몽에 시달리지 않아도 좋을 것이야
무엇보다도 시린 발이 덜 시려서 좋을 거야
그러나 그것은 밤마다 수포로 돌아가는 소망일 따름,
아내의 꿈에 들어가 놀다 오면 얼마나 좋을까
아내도 나의 꿈속으로 들어오면 얼마나 좋을까
나는 아직도 아내를 그리워하며
잠자리에 들곤 한다.

(2007)

능금나무 아래

한 남자가 한 여자의 손을 잡았다
한 젊은 우주가 또 한 젊은
우주의 손을 잡은 것이다

한 여자가 한 남자의 어깨에 몸을 기댔다
한 젊은 우주가 또 한 젊은
우주의 어깨에 몸을 기댄 것이다

그것은 푸르른 5월 한낮
능금꽃 꽃등을 밝힌
능금나무 아래서였다.

(2006)

선물 · 2

하늘 아래 내가 받은
가장 커다란 선물은
오늘입니다

오늘 받은 선물 가운데서도
가장 아름다운 선물은
당신입니다

당신 나지막한 목소리와
웃는 얼굴, 콧노래 한 구절이면
한 아름 바다를 안은 듯한 기쁨이겠습니다.

(2006)

지상에서의 며칠

때 절은 조이 창문 흐릿한 달빛 한 줌이었다가

바람 부는 들판의 키 큰 미루나무 잔가지 흔드는 바람이었다가

차마 소낙비일 수 있었을까? 겨우

옷자락이나 머리칼 적시는 이슬비였다가

기약 없이 찾아든 바닷가 민박집 문지방까지 밀려와

칭얼대는 파도 소리였다가

누군들 안 그러랴

잠시 머물고 떠나는 지상에서의 며칠, 이런저런 일들

좋았노라 슬펐노라 고달팠노라

그대 만나 잠시 가슴 부풀고 설렜었지

그리고는 오래고 긴 적막과 애달픔과 기다림이 거기 있었지

가는 여름 새끼손톱에 스며든 봉숭아 빠알간 물감이었다가

잘려 나간 손톱조각에 어른대는 첫눈이었다가

눈물이 고여서였을까? 눈썹

깜짝이다가 눈썹 두어 번 깜짝이다가…….

(2006)

오늘도 그대는 멀리 있다

전화 걸면 날마다
어디 있냐고 무엇하냐고
누구와 있냐고 또 별일 없냐고
밥은 거르지 않았는지 잠은 설치지 않았는지
묻고 또 묻는다

하기는 아침에 일어나
햇빛이 부신 걸로 보아
밤사이 별일 없긴 없었는가 보다

오늘도 그대는 멀리 있다

이제 지구 전체가 그대 몸이고 맘이다.

(2005)

아름다운 짐승

젊었을 때는 몰랐지
어렸을 때는 더욱 몰랐지
아내가 내 아이를 가졌을 때도
그게 얼마나 훌륭한 일인지 아름다운 일인지
모른 채 지났지
사는 일이 그냥 바쁘고 힘겨워서
뒤를 돌아볼 겨를이 없고 옆을 두리번거릴 짬이 없었지
이제 나이 들어 모자 하나 빌려 쓰고 어정어정
길거리 떠돌 때
모처럼 만나는 애기 밴 여자
커다란 항아리 하나 엎어서 안고 있는 젊은 여자
살아 있는 한 사람이 살아 있는 또 한 사람을
그 뱃속에 품고 있다니!
고마운지고 거룩한지고
꽃봉오리 물고 있는 어느 꽃나무가 이보다도 더 눈물겨우랴
캥거루는 다 큰 새끼도 제 몸속의 주머니에 넣어 가지고 다니며
오래도록 젖을 물려 키운다 그랬지

그렇다면 캥거루는 사람보다 더
아름다운 짐승 아니겠나!
캥거루란 호주의 원주민 말로 난 몰라요란 뜻이랬지
캥거루 캥거루, 난 몰라요
아직도 난 캥거루다.

― 자연이든 인간이든 봄의 세기는 씨 뿌리고 뿌리내리는 일에 영일寧日이 없다. 여름 또한 그 씨앗을 잘 받들어 이파리와 줄기로 키울뿐더러 꽃을 피우고 열매를 맺는 일에 바쁘다. 그러나 가을이 되면 일단 일손을 멈추고 자신이 이룩한 업적을 바라보도록 되어 있다. 아, 내 업적이 저토록 왜소하고 초라한 것들이었던가! 이제 나는 가을의 세기를 넘어 겨울의 세기를 사는 사람이다. 바라보는 것마다 듣는 것마다 새롭지 않은 것 없고 아름답지 않은 것이 없다. 나에게 세상은 찬탄의 대상이다. 아, 나는 이제 길거리에서 만나는 애기 밴 여자한테서도 우주의 한 신비와 아름다움을 발견하고 잠시 눈물 글썽이는 노인이 되어가고 있구나. 나이 들어감의 축복이여! 가득함이여!

(2005)

안부

오래
보고 싶었다

오래
만나지 못했다

잘 있노라니
그것만 고마웠다.

(2005)

산수유꽃 진 자리

사랑한다, 나는 사랑을 가졌다

누구에겐가 말해주긴 해야 했는데

마음 놓고 말해줄 사람 없어

산수유꽃 옆에 와 무심히 중얼거린 소리

노랗게 핀 산수유꽃이 외워두었다가

따사로운 햇빛한테 들려주고

놀러 온 산새에게 들려주고

시냇물 소리한테까지 들려주어

사랑한다, 나는 사랑을 가졌다

차마 이름까진 말해줄 수 없어 이름만 빼고

알려준 나의 말

여름 한 철 시냇물이 줄창 외우며 흘러가더니

이제 가을도 저물어 시냇물 소리도 입을 다물고

다만 산수유꽃 진 자리 산수유 열매들만

내리는 눈발 속에 더욱 예쁘고 붉습니다.

(2004)

오늘의 약속

덩치 큰 이야기, 무거운 이야기는 하지 않기로 해요
조그만 이야기, 가벼운 이야기만 하기로 해요
아침에 일어나 낯선 새 한 마리가 날아가는 것을 보았다든지
길을 가다 담장 너머 아이들 떠들며 노는 소리가 들려 잠시 발을
멈췄다든지
매미 소리가 하늘 속으로 강물을 만들며 흘러가는 것을 문득 느꼈
다든지
그런 이야기들만 하기로 해요

남의 이야기, 세상 이야기는 하지 않기로 해요
우리들의 이야기, 서로의 이야기만 하기로 해요
지나간 밤 쉽게 잠이 오지 않아 애를 먹었다든지
하루 종일 보고픈 마음이 떠나지 않아 가슴이 뻐근했다든지
모처럼 갠 밤하늘 사이로 별 하나 찾아내어 숨겨놓은 소원을 빌었
다든지
그런 이야기들만 하기로 해요

실은 우리들 이야기만 하기에도 시간이 많지 않은 걸 우리는 잘
알아요

그래요, 우리 멀리 떨어져 살면서도

오래 헤어져 살면서도 스스로

행복해지기로 해요

그게 오늘의 약속이에요.

(2004)

아내 · 1

새각시
새각시 때
당신에게서는
이름 모를
풀꽃 향기가
번지곤 했습니다
그럴 때마다 나는
당신도 모르게
눈을 감곤 했지요

그건 아직도
그렇습니다.

(2003)

서울, 하이에나

결코 사냥하지 않는다

먹다 남긴 고기를 훔치고
썩은 고기도 마다하지 않는다
어찌 고기를 훔치는 발톱이
고독을 안다 하겠는가?
썩은 고기를 찢는 이빨이
슬픔을 어찌 안다고 말하겠는가?

딸아, 사냥하기 싫거든
차라리 서울서
굶다가 죽어라.

(2002)

천천히 가는 시계

천천히, 천천히 가는
시계를 하나 가지고 싶다

수탉이 길게, 길게 울어서
아, 아침 먹을 때가 되었구나 생각을 하고
뻐꾸기가 재게, 재게 울어서
어, 점심 먹을 때가 지나갔군 느끼게 되고
부엉이가 느리게, 느리게 울어서
으흠, 저녁밥 지을 때가 되었군 깨닫게 되는
새의 울음소리로만 돌아가는 시계

나팔꽃이 피어서
날이 밝은 것을 알고 또
연꽃이 피어서 해가 높이 뜬 것을 알고
분꽃이 피어서 구름 낀 날에도
해가 졌음을 짐작하게 하는
꽃의 향기로만 돌아가는 시계

나이도 먹을 만큼 먹어가고
시도 쓸 만큼 써보았으니
인제는 나도 천천히 돌아가는
시계 하나쯤 내 몸속에
기르며 살고 싶다.

(2002)

꽃잎 · 1

활짝 핀 꽃나무 아래서
우리는 만나서 웃었다

눈이 꽃잎이었고
이마가 꽃잎이었고
입술이 꽃잎이었다

우리는 술을 마셨다
눈물을 글썽이기도 했다

사진을 찍고
그날 그렇게 우리는
헤어졌다

돌아와 사진을 빼보니
꽃잎만 찍혀 있었다.

(2002)

풀꽃·1

자세히 보아야
예쁘다

오래 보아야
사랑스럽다

너도 그렇다.

(2002)

산촌엽서

고개
고개 넘으면
청산

청산
봉우리에 두둥실
향기론 구름

또닥또닥
굴피 너와집*에
칼도마 소리

볼이
붉은 그 아이
산처녀 그 아이

산제비꽃 옆

산제비꽃 되어

사네

산벚꽃 옆

산벚꽃 되어

늙네.

* 굴피 너와집 : 참나무의 두꺼운 껍질(굴피)로 지붕을 올린 집.

— 살구꽃 피고 또 피고 웬수 같은 봄은 또다시 와서 풀은 푸르러 가슴속도 푸르러 작정 없이 봄은 서럽다. 나무에 물이 오르듯 벌레가 잠에서 깨어나듯 사람도 그래 보고 싶은 것일까. 오얏꽃 지고 또 지고 지랄 같은 봄은 또다시 저물어 유리잔 가득 울컥 솟구치는 울음. 맑은 술이 되어 찰랑거리다.

(2001)

게으름 연습

텃밭에 아무 것도 심지 않기로 했다
텃밭에 나가 땀 흘려 수고하는 대신
낮잠이나 자 두기로 하고
흰구름이나 보고 새소리나 듣기로 했다

내가 텃밭을 돌보지 않는 사이
이런저런 풀들이 찾아와 살았다
각시풀, 쇠비름, 참비름, 강아지풀,
더러는 채송화 꽃 두어 송이
잡풀들 사이에 끼어 얼굴을 내밀었다
흥, 꽃들이 오히려 잡풀들 사이에 끼어
잡풀 행세를 하려 드는군

어느 날 보니 텃밭에
통통통 뛰어노는 놈들이 있었다
메뚜기였다 연초록빛
방아깨비, 콩메뚜기, 풀무치 어린 새끼들도 보였다
하, 이 녀석들은 어디서부터 찾아온 진객들일까

내가 텃밭을 돌보지 않는 사이
하늘의 식솔들이 내려와
내 대신 이들을 돌보아 주신 모양이다
해와 달과 별들이 번갈아 이들을 받들어
가꾸어 주신 모양이다

아예 나는 텃밭을 하늘의
식솔들에게 빌려주기로 했다
그 대신 가끔 가야금이든
바이올린이든 함께 듣기로 했다.

(2001)

바다에서 오는 버스

아침에
산 너머서 오는 버스
비린내 난다
물어보나마나 바닷가
마을에서 오는 버스다

바다 냄새 가득 싣고 오는 버스
부푼 바다 물빛
바다에서 떠오르는 해
풍선처럼 싣고 오는 버스

저녁때
산 너머로 가는 버스
땀 냄새 난다
물어보나마나 바닷가
마을로 가는 버스다

하루 종일 장터에 나가
지친 아주머니 할머니들
두런두런 낮은 말소리 싣고
지는 해 붉은 노을 속으로
돌아가는 버스다.

(2001)

태백선

두고 온 것 없지만 무언가
두고 온 느낌
잃은 것 없지만 무언가
잃은 것 같은 느낌

두고 왔다면 마음을
두고 왔겠고
잃었다면 또한
마음을 잃었겠지

푸른 산 돌고 돌아
아스라이 높은 산
조팝나무꽃 이팝나무꽃
소복으로 피어서 흐느끼는
골짜기 골짜기

기다려줄 사람 이미 없으니

이 길도 이제는

다시 올 일 없겠다.

(2001)

별리

우리 다시는 만나지 못하리

그대 꽃이 되고 풀이 되고
나무가 되어
내 앞에 있는다 해도 차마
그대 눈치채지 못하고

나 또한 구름 되고 바람 되고
천둥이 되어
그대 옆을 흐른다 해도 차마
나 알아보지 못하고

눈물은 번져

조그만 새암을 만든다

지구라는 별에서의

마지막 만남과 헤어짐

우리 다시 사람으로는 만나지 못하리.

(2001)

추억

어디라 없이 문득
길 떠나고픈 마음이 있다
누구라 없이 울컥
만나고픈 얼굴이 있다

반드시 까닭이
있었던 것은 아니다
분명히 할 말이
있었던 것은 더욱 아니다

푸른 풀밭이 자라서
가슴속에 붉은
꽃들이 피어서

간절히 머리 조아려

그걸 한사코

보여주고 싶던 시절이

내게도 있었다.

(2001)

꽃 피우는 나무

좋은 경치 보았을 때
저 경치 못 보고 죽었다면
어찌했을까 걱정했고

좋은 음악 들었을 때
저 음악 못 듣고 세상 떴다면
어찌했을까 생각했지요

당신, 내게는 참 좋은 사람
만나지 못하고 이 세상 흘러갔다면
그 안타까움 어찌했을까요……

당신 앞에서는
나도 온몸이 근지러워
꽃 피우는 나무

지금 내 앞에 당신 마주 있고
당신과 나 사이 가득
음악의 강물이 일렁입니다

당신 등 뒤로 썰렁한
잡목 숲도 이런 때는 참
아름다운 그림 나라입니다.

(2001)

행복

저녁때
돌아갈 집이 있다는 것

힘들 때
마음속으로 생각할 사람 있다는 것

외로울 때
혼자서 부를 노래 있다는 것.

(2001)

무인도

바다에 가서 며칠
섬을 보고 왔더니
아내가 섬이 되어 있었다
섬 가운데서도
무인도가 되어 있었다.

(2000)

미소 사이로

벚꽃 지다

슬픈 돌 부처님
모스라진
미소 사이로

누가 꽃잎이
눈처럼 날린다
지껄이느냐?

누가 이것이 마지막이다
영생토록 마지막이다
울먹이느냐?

너무 오래 쥐고 있어

팔이 아픈 아이가

풍선 줄을 놓아버리듯

나뭇가지가 힘겹게

잡고 있던 꽃잎을 그만

바람결에 주어버리다.

(2000)

귀소

누구나 오래
안 잊히는 것 있다

낮은 처마 밑
떠나지 못하고 서성대던
생솔가지 태운 냉갈내*며
밥 자치는 냄새

누구나 한 번쯤
울고 싶은 때 있다

먹물 와락
엎지른 창문에
켜지던 등불
두세두세 이야기 소리

마음 먼저

멀리 떠나보내고

몸만 눕힌 곳이 끝내

집이 되곤 하였다.

* 냉갈내 : 식물성 연료를 태우는 아궁이에서 나는 냄새.

(2000)

딸에게·2

내 사랑 내 딸이여 내 자랑 내 딸이여
오늘도 네가 있어 마음속 꽃밭이다
오! 네가 없었다 하면 어쨌을까 싶단다

술 취해 비틀비틀 거리를 거닐 때도
네 생각 떠올리면 정신이 번쩍 든다
고맙다 애비는 지연紙鳶, 너의 끈에 매달린.

(2000)

돌멩이

흐르는 맑은 물결 속에 잠겨
보일 듯 말 듯 일렁이는
얼룩무늬 돌멩이 하나
돌아가는 길에 가져가야지
집어 올려 바위 위에
놓아두고 잠시
다른 볼일 보고 돌아와
찾으려니 도무지
어느 자리에 두었는지
찾을 수가 없다

혹시 그 돌멩이, 나 아니었을까?

(1999)

서러운 봄날

꽃이 피면 어떻게 하나요
또다시 꽃이 피면 나는
어찌하나요

밥을 먹으면서도 눈물이 나고
술을 마시면서도 나는
눈물이 납니다

에그 나 같은 것도 사람이라고
세상에 태어나서 여전히 숨을 쉬고
밥도 먹고 술도 마시는구나 생각하니
내가 불쌍해져서 눈물이 납니다

비틀걸음 멈춰 발밑을 좀 보아요
앉은뱅이걸음 무릎걸음으로 어느새
키 낮은 봄풀들이 밀려와
초록의 주단방석을 깔려 합니다

일희일비,
조그만 일에도 기쁘다 말하고
조그만 일에도 슬프다 말하는 세상
그러나 기쁜 일보다는
슬픈 일이 많기 마련인 나의 세상

어느 날 밤늦도록 친구와 술 퍼마시고
집에 돌아가 주정을 하고
아침밥도 얻어먹지 못하고 집을 나와
새소리를 들으며 알게 됩니다

봄마다 이렇게 서러운 것은
아직도 내가 살아 있는
목숨이라서 그렇다는 것을
햇빛이 너무 부시고 새소리가
너무 고와서 그렇다는 걸 알게 됩니다

살아 있다는 것만으로도
아, 그것은 얼마나
고마운 일이겠는지요……

꽃이 피면 어떻게 하나요
또다시 세상에 꽃 잔치가 벌어지면
나는 눈물이 나서 어찌하나요.

(1999)

화이트 크리스마스

크리스마스이브
눈 내리는 늦은 밤거리에 서서
집에서 혼자 기다리고 있는
늙은 아내를 생각한다

시시하다 그럴 테지만
밤늦도록 불을 켜놓고 손님을
기다리는 빵 가게에 들러
아내가 좋아하는 빵을 몇 가지
골라 사들고 서서
한사코 세워주지 않는
택시를 기다리며
이십 년 하고서도 육 년 동안
함께 산 동지를 생각한다

아내는 그동안 네 번
수술을 했고
나는 한 번 수술을 했다
그렇다, 아내는 네 번씩
깨진 항아리이고 나는
한 번 깨진 항아리이다

눈은 땅에 내리자마자
녹아 물이 되고 만다
목덜미에 내려 섬뜩섬뜩한
혓바닥을 들이밀기도 한다

화이트 크리스마스

크리스마스이브 늦은 밤거리에서

한 번 깨진 항아리가

네 번 깨진 항아리를 생각하며

택시를 기다리고 또

기다린다.

(1999)

내가 사랑하는 계절

내가 제일로 좋아하는 달은
11월이다
더 여유 있게 잡는다면
11월에서 12월 중순까지다

낙엽 져 홀몸으로 서 있는 나무
나무들이 깨금발을 딛고 선 등성이
그 등성이에 햇빛 비쳐 드러난
황토 흙의 알몸을
좋아하는 것이다

황토 흙 속에는
시제時祭 지내러 갔다가
막걸리 두어 잔에 취해
콧노래 함께 돌아오는
아버지의 비틀걸음이 들어 있다

어린 형제들이랑
돌담 모퉁이에 기대어 서서 아버지가
가져오는 봉송封送 꾸러미를 기다리던
해 저물녘 한때의 굴품한* 시간들이
숨 쉬고 있다

아니다 황토 흙 속에는
끼니 대신으로 어머니가
무쇠 솥에 찌는 고구마의
구수한 내음새 아스므레
아지랑이가 스며 있다

내가 제일로 좋아하는 계절은
낙엽 져 나무 밑둥까지 드러나 보이는
늦가을부터 초겨울까지다
그 솔직함과 청결함과 겸허를
못 견디게 사랑하는 것이다.

* 굴품한 : '배가 고픈 듯한', '시장기가 도는 듯한'의 충청도 방언.

(1999)

딸에게·1

날 어둡고 추운데 주머니는 가볍고
배고파 낯선 밥집 드르륵 문을 열 때
얼굴에 후끈한 밥내 어찌 아니 목메랴

혼자서 음식 청해 밥 사발 마주하고
엄마 생각 집 생각에 수저조차 못 들겠지
장하다 어린 네 모습 눈 감고도 보이누나.

(1999)

사소하고 참으로 사소한

외할머니 돌아가신 지 십팔 년
내 나이, 만으로 쉰 다섯
아직도 가을이 오면
외할머니 생각 그립다

들판에 익어 가는 벼들이
마을길의 감알이며 밤알들이
외할머니 생각을 불러오는 것이다

외할머니는 이제 익어 가는
벼들의 낟알 속에
감알이며 밤알들 속에
숨어 계신 게 아닐까……

외할머니 생각 떠오르면 나는
서러움의 밀물바다에 떠서
흔들리는 조그만 조각배

사소한 참으로 사소한 일들이
사람을 사무치게 그립게 하고
가슴 저리게 하는 가을날

그러나 이러한 사소한
서러움마저 내게 없었다면
이 가을은 또 얼마나 더
적막한 가을이었을까 보냐.

(1999)

강물과 나는

맑은 날
강가에 나아가
바가지로
강물에 비친
하늘 한 자락
떠 올렸습니다

물고기 몇 마리
흰구름 한 송이
새소리도 몇 움큼
건져 올렸습니다

한참동안 그것들을
가지고 돌아오다가
생각해보니
아무래도 믿음이
서지 않았습니다

이것들을
기르다가 공연스레
죽이기라도 하면
어떻게 하나

나는 걸음을 돌려
다시 강가로 나아가
그것들을 강물에
풀어 넣었습니다

물고기와 흰구름과
새소리 모두
강물에게
돌려주었습니다

그날부터

강물과 나는

친구가 되었습니다.

(1999)

멀리까지 보이는 날

숨을 들이쉰다
초록의 들판 끝 미루나무
한 그루가 끌려 들어온다

숨을 더욱 깊이 들이쉰다
미루나무 잎새에 반짝이는
햇빛이 들어오고 사르락 사르락
작은 바다 물결 소리까지
끌려 들어온다

숨을 내어쉰다
뻐꾸기 울음소리
꾀꼬리 울음소리가
쓸려 나아간다

숨을 더욱 멀리 내어쉰다
마을 하나 비 맞아 우거진
봉숭아꽃나무 수풀까지
쓸려 나아가고 조그만 산 하나
우뚝 다가와 선다

산 위에 두둥실 떠 있는
흰구름, 저 녀석
조금 전까지만 해도 내 몸 안에서
뛰어놀던 바로 그 숨결이다.

(1999)

사는 일

1
오늘도 하루 잘 살았다
굽은 길은 굽게 가고
곧은 길은 곧게 가고

막판에는 나를 싣고
가기로 되어 있는 차가
제시간보다 일찍 떠나는 바람에
걷지 않아도 좋은 길을 두어 시간
땀 흘리며 걷기도 했다

그러나 그것도 나쁘지 아니했다
걷지 않아도 좋은 길을 걸었으므로
만나지 못했을 뻔했던 싱그러운
바람도 만나고 수풀 사이
빨갛게 익은 멍석딸기도 만나고
해 저문 개울가 고기비늘 찍으러 온 물총새
물총새, 쪽빛 날갯짓도 보았으므로

이제 날 저물려 한다
길바닥을 떠돌던 바람은 잠잠해지고
새들도 머리를 숲으로 돌렸다
오늘도 하루 나는 이렇게
잘 살았다.

2
세상에 나를 던져보기로 한다
한 시간이나 두 시간

퇴근 버스를 놓친 날 아예
다음 차 기다리는 일을 포기해버리고
길바닥에 나를 놓아버리기로 한다

누가 나를 주워 가줄 것인가?
만약 주워 가준다면 얼마나 내가
나의 길을 줄였을 때
주워 가줄 것인가?

한 시간이나 두 시간
시험 삼아 세상 한복판에
나를 던져보기로 한다

나는 달리는 차들이 비껴가는
길바닥의 작은 돌멩이.

(1998)

뒷모습

뒷모습이 어여쁜
사람이 참으로
아름다운 사람이다

자기의 눈으로는 결코
확인이 되지 않는 뒷모습
오로지 타인에게로만 열린
또 하나의 표정

뒷모습은
고칠 수 없다
거짓말을 할 줄 모른다

물소리에게도 뒷모습이 있을까?
시드는 노루발풀꽃, 솔바람 소리,
찌르레기 울음소리에게도
뒷모습은 있을까?

저기 저
가문비나무 윤노리나무 사이
산길을 내려가는
야윈 슬픔의 어깨가
희고도 푸르다.

(1998)

눈부신 세상

멀리서 보면 때로 세상은
조그맣고 사랑스럽다
따뜻하기까지 하다
나는 손을 들어
세상의 머리를 쓰다듬어준다
자다가 깨어난 아이처럼
세상은 배시시 눈을 뜨고
나를 향해 웃음 지어 보인다

세상도 눈이 부신가 보다.

(1998)

사랑

목말라 물을 좀 마셨으면 좋겠다고
속으로 생각하고 있을 때
유리컵에 맑은 물 가득 담아
잘람잘람 내 앞으로 가지고 오는

창밖의 머언 풍경에 눈길을 주며
그리움의 물결에 몸을 맡기고 있을 때
그 물결의 흐름을 느끼고 눈물
글썽글썽한 눈으로 나를 바라보아주는

어떻게 알았을까, 그는
한 마디 말씀도 이루지 아니했고
한 줌의 눈짓조차 건네지 않았음에도.

(1997)

저녁 일경—景

불이 켜지고 있었다

장독대 곁에 과꽃이며 분꽃
두어 송이 던져놓고

부르지 않았음에도
방 안까지 들어와 흐느끼는
풀벌레 울음

창밖에 서성대는 빗방울 두어 낱
우산 씌워 세워놓고

불이 켜지고 있었다

그리고 사기 밥그릇에
숟가락 부딪는 소리
드문드문 흩어졌다.

(1996)

162

순정

옮겨 심으면 어김없이 죽어버린다는 차나무나 양귀비

처음 발을 디딘 자리가 아니면 기꺼이 목숨까지 내어놓는
그 결연함

우리네 순정이란 것도 그런 게 아닐까?

처음 먹었던 마음 처음 가졌던 깨끗한 그리움
생애를 두고 바꾸어 갖지 않겠노라는 다짐

그것이 아닐까?

(1996)

악수

가을 햇살은
모든 것들을 익어가게 한다
그 품 안에 들면 산이며 들
강물이며 하다 못해 곡식이며 과일
곤충 한 마리 물고기 한 마리까지
익어가지 않고서는 배겨나지를 못한다

그리하여 마을의 집들이며 담장
마을로 뚫린 꼬불길조차
마악 빵 기계에서 구워낸 빵처럼
말랑말랑하고 따스하다

몇 해 만인가 골목길에서 마주친
동갑내기 친구
나이보다 늙어 보이는 얼굴
나는 친구에게
늙었다는 표현을 삼가기로 한다

이 사람 그동안 아주 잘 익었군

무슨 말을 하는지 몰라

잠시 어리둥절해진 친구의 손을 잡는다

그의 손아귀가 무척 든든하다

역시 거칠지만 잘 구워진 빵이다.

(1996)

하늘의 서쪽

하늘이 개짐을 풀어헤쳤나

비린내 두어 마지기
질펀하게 깔고 앉아
속눈썹 깜짝여 곁눈질이나 하고 있는
하늘의 서쪽

은근짜로 아주
은근짜로

새끼 밴 검정염소
울음소리가 사라지고
절름발이 소금장수 다리 절며 돌아오던
구불텅한 논둑길이 사라지고

이젠 네가 사라져야 하고
내가 사라져줘야 할 차례다,
지금은 하늘과 땅이
살을 섞으며 진저리칠 때.

(1996)

나뭇결

운문사 만우당
스님들 조강하게 드나드시는 쪽마루
가끔씩 들를 때마다
더욱 고와지고 또렷해지는
마룻바닥의 나뭇결

스님들 발길에 스치고
스님들 걸레질에 닦여서
서슬 푸른 향기라도 머금을 듯
뼈무늬라도 일어설 듯

가장 정갈한 아침 햇살이 말려 주고
가장 조용한 저녁 별빛이 쓰다듬어 주어
더욱 선명해지고 고와진
마룻바닥의 나뭇결

사람도 저처럼

나이 들면서 안으로 밝아지고 고와져

선명한 마음의 무늬를 지닐 수는 없는 일일까

향내라도 은은하게 품을 수는 없는 일일까.

(1995)

방생

아이들이 허공에
종이비행기를 날려 보내듯
강가에 나와 내가 나를
떠나보낸다

이젠 가봐
이젠 나를 떠나도 좋아
떠나가서 풀밭에 가로눕는
초록의 바람이 되든지
벼랑 위에 뿌리내린 새빨간
단풍나무 이파리가 되든지
네 맘대로 해봐

그동안 힘들었지?

이젠 나를 떠나도 좋아

저것, 저 물고기

저녁 햇살 받아 잠방대는

강물 위에 조그만 물고기들은

조금 전에 나를 떠나간

또 하나의 나이다.

(1995)

촉

무심히 지나치는
골목길

두껍고 단단한
아스팔트 각질을 비집고
솟아오르는
새싹의 촉을 본다

얼랄라
저 여리고
부드러운 것이!

한 개의 촉 끝에
지구를 들어올리는
힘이 숨어 있다.

(1995)

기쁨

난초 화분의 휘어진
이파리 하나가
허공에 몸을 기댄다

허공도 따라서 휘어지면서
난초 이파리를 살그머니
보듬어 안는다

그들 사이에 사람인 내가 모르는
잔잔한 기쁨의
강물이 흐른다.

(1994)

호명

순이야, 부르면
입 속이 싱그러워지고
순이야, 또 부르면
가슴이 따뜻해진다

순이야, 부를 때마다
내 가슴속 풀잎은 푸르러지고
순이야, 부를 때마다
내 가슴속 나무는 튼튼해진다

너는 나의 눈빛이
다스리는 영토
나는 너의 기도로
자라나는 풀이거나 나무거나

순이야, 한 번씩 부를 때마다

너는 한 번씩 순해지고

순이야, 또 한 번씩 부를 때마다

너는 또 한 번씩 아름다워진다.

(1993)

그리움 · 2

때로 내 눈에서도
소금물이 나온다
아마도 내 눈 속에는
바다가 한 채씩 살고 있나 보오.

(1993)

하오의 한 시간

바람을 안고 올랐다가
해를 안고 돌아오는 길

검정염소가
아무보고나
알은체 운다

같이 가요
우리 같이 가요

지는 햇빛이
눈에 부시다.

(1992)

노래

노래는 어디에서 오는가?
마을에서도 변두리
변두리에서도 오두막집
어둠 찾아와
창문에 불이 켜지고
나무 아래 내어다놓은 들마루
그 위에 모여앉아 떠들며
웃으며 노는 아이들

—거기에서 온다

노래는 어디에서 오는가?

한길에서도 오솔길

오솔길이 가다가 발을 멈춘 곳

도란도란 사람들 목소리

들려오는 오두막집

개구리래도 청개구리

따라서 노래 부르는 들창

―거기에서 온다.

(1992)

순대국밥집

마음 허하고
아무 곳에도 기댈 곳 없는 날은
비실비실 저녁 어스름 밟으며
시장 골목길 돌고 돌아
허름한 순대국밥집 찾아들어라

문을 밀치고 들어서자마자
달겨드는 구숫한 음식 내음새
순대국밥 안주하여 막걸리나 소주 마시며
크게 떠드는 사람들의
이야기 소리 웃음 소리
더러는 다투는 소리
그동안 내가 찾지 못하던
세상 살 재미들이 모두 여기
이렇게 깡그리 모여 있었구나

종일 두고 무쇠솥에 국물은 끓고
김은 피어오르고
시꺼매진 벽을 등에 지고
보일 듯 말 듯 웃음 짓는
주인 아낙네

순대국밥 마는 일 하나로 저토록
늙어버린 주인 아낙네
내가 그동안 잃어버린 미더운
사람 마음과 사람의 얼굴이
여기 와 이렇게 기다리고 있었구나

비록 그들은 날마다 사는 일에 지치고
생채기 받지만
저토록 씩씩하게 자신들의 하루를 잘
갈무리하고 있음이여!

(1992)

바람에게 묻는다

바람에게 묻는다
지금 그곳에는 여전히
꽃이 피었던가 달이 떴던가

바람에게 듣는다
내 그리운 사람 못 잊을 사람
아직도 나를 기다려
그곳에서 서성이고 있던가

내게 불러줬던 노래
아직도 혼자 부르며
울고 있던가.

(1992)

가로등

밤안개는 몸에 해롭대요
치마 벗고 밤거리에 나선
누군가의 아낙.

(1990)

지는 해 좋다

지는 해 좋다
볕바른 창가에 앉은 여자
눈밑에 가늘은 잔주름을 만들며
웃고 있다

이제 서둘지 않으리라
두 손 맞잡고 밤을 새워
울지도 않으리라

그녀 두 눈 속에 내가 있음을
내가 알고
나의 마음속에 그녀가 살고 있음을
그녀가 안다

지는 해 좋다
산그늘이 또 다른 산의 아랫도리를
가린다

그늘에 덮이고 남은
산의 정수리가
더욱 환하게 빛난다.

(1990)

붓꽃

1
바라보는 눈길에도
끌려올 듯
고요로운 숨결에도
사라질 듯
소녀여,
5월
바다 물빛 그리워
까치발 딛고 섰는.

2
붓꽃 피는 5월이면
떠오르는 한 이름이 있다
가늘은 기적 소리에도
귀를 세우던
희미한 뻐꾸기 울음에도
살갗에 소름이 돋던

붓꽃 피는 5월이면

그리워지는 한 얼굴이 있다

잎 피는 소리에도 눈이 밝아지던

꽃이 지는 몸짓에도

한숨을 짓던.

(1990)

꿈

1

빈 언덕 위에
키 큰 상수리나무 하나를 둘 것

그 아래 방 한 칸짜리
오두막집을 둘 것

그리고 하늘엔
노을 한 자락도 걸어둘 것.

2

흙내 나는
오두막집 방 안으로 돌아가고 싶다

따스한 아랫목의
잠 속으로 돌아가고 싶다

외할머니
옆에 계시고

밤이 깊어도
잠들지 못하고 속살거리는
상수리나무 마른잎

무엇보다 먼저
내 몸이 작아지고 싶다.

(1990)

퇴근

오늘도 열심히 죽어서 잘 살았습니다.

(1990)

잠들기 전 기도

하나님
오늘도 하루
잘 살고 죽습니다
내일 아침 잊지 말고
깨워 주십시오.

(1990)

그리움·1

—강신용 시인

햇빛이 너무 좋아

혼자 왔다 혼자

돌아갑니다.

(1990)

시

마당을 쓸었습니다
지구 한 모퉁이가 깨끗해졌습니다

꽃 한 송이 피었습니다
지구 한 모퉁이가 아름다워졌습니다

마음속에 시 하나 싹텄습니다
지구 한 모퉁이가 밝아졌습니다

나는 지금 그대를 사랑합니다
지구 한 모퉁이가 더욱 깨끗해지고
아름다워졌습니다.

(1989)

선물·1

나에게 이 세상 하루하루가 선물입니다
아침에 일어나 만나는 밝은 햇빛이며 새소리,
맑은 바람이 우선 선물입니다.

문득 푸르른 산 하나 마주했다면 그것도 선물이고
서럽게 서럽게 뱀 꼬리를 흔들며 사라지는
강물을 보았다면 그 또한 선물입니다.

한낮의 햇살 받아 손바닥 뒤집는
잎사귀 넓은 키 큰 나무들도 선물이고
길 가다 발밑에 깔린 이름 없어 가여운
풀꽃들 하나하나도 선물입니다.

무엇보다도 먼저 이 지구가 나에게 가장 큰 선물이고
지구에 와서 만난 당신,
당신이 우선적으로 가장 좋으신 선물입니다.

저녁 하늘에 붉은 노을이 번진다 해도 부디
마음 아파하거나 너무 섭하게 생각지 마서요
나도 또한 이제는 당신에게
좋은 선물이었으면 합니다.

(1989)

희망·1

그대 만나러 갈 땐
그대 만날 희망으로
숨 쉬고

그대 만나고 돌아올 땐
그대 다시 만날 날을 기다리는
희망으로 또한 나는
숨 쉽니다.

(1989)

통화

자면서도 나는
그대에게 전화를
걸고 있습니다

그대 생각만으로 살았다고
내일도 그대 생각 가득할 것이라고

자면서도 나는
그대로부터 전화를
받고 있습니다.

(1989)

사랑은 혼자서

사랑은 여럿이가 아니라
혼자서 쓸쓸한 생각
저무는 저녁 해
그리고 깜깜한 어둠

사랑은 둘이서가 아니라
혼자서 푸르른 산맥
흐르는 시내
그리고 풀벌레 울음

사랑은 너와 함께가 아니라
혼자서 이루는 약속
머나 먼 내일
그리고 이별과 망각.

(1989)

노을

방 안 가득
노래로 채우고
세상 가득
향기로 채우고
내가 찾아갔을 때는
이미 떠나 버린 사람아
그 이름조차 거두어 간 사람아
서쪽 하늘가에
핏빛으로 뒷모습만
은은히 보여 줄 줄이야.

(1989)

떠나와서

떠나와서 그리워지는
한 강물이 있습니다
헤어지고 나서 보고파지는
한 사람이 있습니다
미루나무 새 잎새 나와
바람에 손을 흔들던 봄의 강가
눈물 반짝임으로 저물어가는
여름날 저녁의 물비늘
혹은 겨울 안개 속에 해 떠오르고
서걱대는 갈대숲 기슭에
벗은 발로 헤엄치는 겨울 철새들
헤어지고 나서 보고파지는
한 사람이 있습니다
떠나와서 그리워지는
한 강물이 있습니다.

(1989)

제비꽃

그대 떠난 자리에
나 혼자 남아
쓸쓸한 날
제비꽃이 피었습니다
다른 날보다 더 예쁘게
피었습니다.

(1988)

3월

어차피 어차피

3월은 오는구나

오고야 마는구나

2월을 이기고

추위와 가난한 마음을 이기고

넓은 마음이 돌아오는구나

돌아와 우리 앞에

풀잎과 꽃잎의 비단방석을 까는구나

새들은 우리더러

무슨 소리든 내보라 내보라고

조르는구나

시냇물 소리도 우리더러

지껄이라 그러는구나

아, 젊은 아이들은

다시 한 번 새옷을 갈아입고

새 가방을 들고

새 배지를 달고

우리 앞을 물결쳐

스쳐 가겠지

그러나 3월에도

외로운 사람은 여전히 외롭고

쓸쓸한 사람은 쓸쓸하겠지.

(1988)

다리 위에서

너는 바람 속에 피어
웃고 있는 가을꽃

눈을 감아본다

흐르는 강물은 보이지 않고
키 큰 가로등도 보이지 않고
너의 맑은 이마도 보이지 않는다

그러나 여전히
강물은 흐르고
가로등 불빛은 밝고
너의 이마 또한 내 앞에 있었으리라

눈을 떠본다

너는 새로 돋아나기 시작하는
초저녁 밤별.

(1988)

유리창

이제
떠나갈 것은 떠나게 하고
남을 것은 남게 하자

혼자서 맞이하는 저녁과
혼자서 바라보는 들판을
두려워하지 말자

아, 그렇다
할 수만 있다면
나뭇잎 떨어진 빈 나뭇가지에
까마귀 한 마리라도 불러
가슴속에 기르자

이제

지나온 그림자를 지우지 못해 안달하지도 말고

다가올 날의 해 짧음을 아쉬워하지도 말자.

(1988)

유월 기집애

너는 지금쯤 어느 골목
어느 낯선 지붕 밑에서 울고 있느냐
세상은 또다시 유월이 와서
감꽃이 피고 쥐똥나무 흰 꽃이 일어
벌을 꼬이는데
감나무 새 잎새에 유월 비단햇빛이 흐르고
길섶의 양달개비
파란 혼불꽃은 무더기 무더기로 피어나는데
너는 지금쯤 어느 하늘
어느 강물을 혼자 건너가며 울고 있느냐
내가 조금만 더 잘해 주었던들
너는 그리 쉬이 내 곁을 떠나지 않았을 텐데
내가 가진 것을 조금만 더 나누어 주었던들
너는 내 곁에서 더 오래 숨 쉬고 있었을 텐데
온다간다 말도 없이 떠나간 아이야
울면서 울면서 쑥굴형의 고개 고개를
넘어만 가고 있는 쬐끄만 이 유월 기집애야

돌아오려무나 돌아오려무나

감꽃이 다 떨어지기 전에

쥐똥나무 흰 꽃이 다 지기 전에

돌아오려무나

돌아와 양달개비 파란 혼불꽃 옆에서

우리도 양달개비 파란 꽃 되어

두 손을 마주 잡자꾸나

다시는 나뉘어지지 말자꾸나.

(1987)

들길을 걸으며

1
세상에 와 그대를 만난 건
내게 얼마나 행운이었나
그대 생각 내게 머물므로
나의 세상은 빛나는 세상이 됩니다
많고 많은 사람 중에 그대 한 사람
그대 생각 내게 머물므로
나의 세상은 따뜻한 세상이 됩니다.

2
어제도 들길을 걸으며
당신을 생각했습니다
오늘도 들길을 걸으며
당신을 생각했습니다
어제 내 발에 밟힌 풀잎이
오늘 새롭게 일어나
바람에 떨고 있는 걸

나는 봅니다

나도 당신 발에 밟히면서

새로워지는 풀잎이면 합니다

당신 앞에 여리게 떠는

풀잎이면 합니다.

(1987)

에라

1
첫눈 오는 날
빨간색 쉐타를 사 가지고
다시 술 마시러 오마
술집 여자아이와
손가락 걸어 약속을 한다
에라, 이 철딱서니 없는 사람아
처자식 두고
잘 먹이지도 못하면서.

2
이담에
돈 많이 벌어 가지고
다시 올게
비장한 각오로
돈을 벌러 집을 나서는
아버지가 어린 딸에게

그러듯
술집을 나서며
술집 여자아이한테
그런다
섭섭해서 그런다
에라, 이 넋 나간 사람아
지금이 어느 세상이라고.

(1986)

아름다운 사람

아름다운 사람
눈을 둘 곳이 없다
바라볼 수도 없고
그렇다고 아니 바라볼 수도 없고
그저 눈이
부시기만 한 사람.

(1986)

그대 떠난 자리에

그대 떠난 자리에 혼자 남아

그대를 지킨다

그대의 자취

그대의 숨결

그대의 추억

그대가 남긴 산을 지키고

그대가 없는 들을 지키고

그대가 바라보던 강물에 하늘에

흰구름을 지킨다

그러면서 혼자서 변해 간다

나도 모르게 조금씩

그대도 모르게 조금씩.

(1986)

어쩌다 이렇게

있는 듯 없는 듯
있다 가고 싶었는데
아는 듯 모르는 듯
잊혀지고 싶었는데
어쩌다 이렇게 되었을까
그대 가슴에 못을 치고
나의 가슴에 흉터를 남기고
어쩌다 이 지경이 되었을까
나의 고집과 옹졸
나의 고뇌와 슬픔
나의 고독과 독선
그것은 과연 정당한 것이었던가
그것은 과연 좋은 것이었던가
사는 듯 마는 듯 살다 가고 싶었는데
웃는 듯 마는 듯 웃다 가고 싶었는데
그대 가슴에 자국을 남기고
나의 가슴에 후회를 남기고

모난 돌처럼 모난 돌처럼

혼자서 쓸쓸히.

(1986)

오늘도 이 자리

오늘도 이 자리
떠나야 할 때가
되었나 보다

그대 자꾸만
좋아지니
잊어야 할 때가
되었나 보다

마음에 남는
그대 목소리
웃는 입매무새
눈매무새
아리잠직한
걸음걸이

생각이 머물 때

잊어야 할 사람아

좋아질 때

떠나야 하는 사람아.

(1986)

안개

흐려진 얼굴

잊혀진 생각

그러나 가슴 아프다.

(1986)

편지

하루의 좋은 시간을
다른 곳에 다 써먹고
창문에 어둠 깃들어서야
그댈 생각해낸다
그댈 생각하고
그대에게 편지를 쓴다
너무 섭섭히 생각 마시압.

(1986)

쓸쓸한 여름

챙이 넓은 여름 모자 하나
사 주고 싶었는데
그것도 빛깔이 새하얀 걸로 하나
사 주고 싶었는데
올해도 오동꽃은 피었다 지고
개구리 울음소리 땅속으로 다 자지러들고
그대 만나지도 못한 채
또다시 여름은 와서
나만 혼자서 집을 지키고 있소
집을 지키며 앓고 있소.

(1986)

하물며

주인 계십니까?

거, 안에 사람 없습니까?

눈이 와도 쓸지 않는 마당

하물며 사람

발자국 없는 토방

지는 해 붉은 노을은

여전히 아름다워도

부는 바람 여전히

귀뿌리를 후려도

거, 주인 계십니까?

안에 사람 없습니까?

(1986)

초등학교 선생님

아이들 몽당연필이나
깎아 주면서
아이들 철없는 인사나 받아 가면서
한 세상 억울한 생각도 없이
살다 갈 수만 있다면
시골 아이들 손톱이나 깎아 주면서
때 묻고 흙 묻은 발이나
씻어 주면서 그렇게
살다 갈 수만 있다면.

(1985)

앉은뱅이꽃

발밑에 가여운 것
밟지 마라,
그 꽃 밟으면 귀양간단다
그 꽃 밟으면 죄받는단다.

(1984)

기도

내가 외로운 사람이라면
나보다 더 외로운 사람을
생각하게 하여 주옵소서

내가 추운 사람이라면
나보다 더 추운 사람을
생각하게 하여 주옵소서

내가 가난한 사람이라면
나보다 더 가난한 사람을
생각하게 하여 주옵소서

더욱이나 내가 비천한 사람이라면
나보다 더 비천한 사람을
생각하게 하여 주옵소서

그리하여 때때로

스스로 묻고

스스로 대답하게 하여 주옵소서

나는 지금 어디에 와 있는가?

나는 지금 어디로 향해 가고 있는가?

나는 지금 무엇을 보고 있는가?

나는 지금 무엇을 꿈꾸고 있는가?

(1984)

사랑하는 마음 내게 있어도

사랑하는 마음
내게 있어도
사랑한다는 말
차마 건네지 못하고 삽니다
사랑한다는 그 말 끝까지
감당할 수 없기 때문

모진 마음
내게 있어도
모진 말
차마 하지 못하고 삽니다
나도 모진 말 남들한테 들으면
오래오래 잊혀지지 않기 때문

외롭고 슬픈 마음

내게 있어도

외롭고 슬프다는 말

차마 하지 못하고 삽니다

외롭고 슬픈 말 남들한테 들으면

나도 덩달아 외롭고 슬퍼지기 때문

사랑하는 마음을 아끼며

삽니다

모진 마음을 달래며

삽니다

될수록 외롭고 슬픈 마음을

숨기며 삽니다.

(1984)

세상에 나와 나는

세상에 나와 나는
아무 것도 내 몫으로
차지하려 하지 않았습니다

꼭 갖고 싶은 것이 있었다면
푸른 하늘빛 한 쪽
바람 한 줌
노을 한 자락

더 욕심을 부린다면
굴러가는 나뭇잎새
하나

세상에 나와 나는
어느 누구도 사랑하는 사람으로
간직해 두고 싶지 않았습니다

꼭 사랑하는 사람이 있었다면

단 한 사람

눈이 맑은 그 사람

가슴속에 맑은 슬픔을 간직한 사람

더 욕심을 부린다면

늙어서 나중에도 부끄럽지 않게

만나고 싶은 한 사람

그대.

(1984)

비단강

비단강이 비단강임은
많은 강을 돌아보고 나서야
비로소 알겠습디다

그대가 내게 소중한 사람임은
더 많은 사람들을 만나고 나서야
비로소 알겠습디다

백 년을 가는
사람 목숨이 어디 있으며
오십 년을 가는
사람 사랑이 어디 있으랴……

오늘도 나는
강가를 지나며
되뇌어 봅니다.

(1984)

난초여 난초여

여럿 두고 볼 때
그저 그런 풀이더니

혼자 두고 보니
높은 뜻과 맑은 슬픔
그 가슴에 지니고 사는
선비 중의 선비로세

난초여 난초여
난초 같은 한 사람이여
오늘도 나는 그대 그리워 운다.

(1983)

굴뚝각시

사방 10리 안에서
잔치가 열리거나 초상집이 생기면
어떻게 그리 용하게 아는지
찾아와서는 일도 거들고
잔심부름도 곧잘 하는 굴뚝각시

일러주는 사람이 있을 리 없으니
코로 냄새 맡아 아는지 모를 일이다만
용하게 찾아와 음식도 달라해 먹고
술도 청해서 먹고
취하면 아무 데서나 쓰러져 잠드는
굴뚝각시

어제는 우리 교회 목사님 취임하는 날

또 용케 불청객으로 찾아와

그 누런 이빨 드러내 웃으며

차린 음식 자기가 먹지 않으면

쉬어서 못 쓰게 되니

어서 상 차려 오라며

호령호령하더라는 거다

궂은 일 기쁜 일에 빠지지 않는

굴뚝각시,

이 땅 위의 일등 손님이요

하늘 나라의 일등 주인인

굴뚝각시.

(1983)

사랑이여 조그만 사랑이여 · 75

가보지 못한 골목들을
그리워하면서 산다.

알지 못한 꽃밭,
꽃밭의 예쁜 꽃들을
꿈꾸면서 산다.

세상 어디엔가
우리가 아직 가보지 못한 골목길과
우리가 아직 알지 못하던 꽃밭이
숨어 있다는 것은
그것만으로도 얼마나
희망적인 일이겠니!

만나지 못했던 사람들을
만나기 위해서 산다.

세상 어디엔가

우리가 아직 만나지 못한 사람들이

살고 있다는 것은

그것만으로도 얼마나

가슴 두근거려지는 일이겠니!

(1981)

사랑이여 조그만 사랑이여 · 72

보고 싶다,
너를 보고 싶다는 생각이
가슴에 차고 가득 차면 문득
너는 내 앞에 나타나고.
어둠 속에 촛불 켜지듯
너는 내 앞에 나와서 웃고.

보고 싶었다,
너를 보고 싶었다는 말이
입에 차고 가득 차면 문득
너는 나무 아래서 나를 기다린다.
내가 지나는 길목에서
풀잎 되어 햇빛 되어 나를 기다린다.

(1981)

사랑이여 조그만 사랑이여 · 45

외롭다고 생각할 때일수록
혼자이기를,

말하고 싶은 말이 많은 때일수록
말을 삼가기를,

울고 싶은 생각이 깊을수록
울음을 안으로 곱게 삭이기를,

꿈꾸고 꿈꾸노니—

많은 사람들로부터 빠져나와
키 큰 미루나무 옆에 서 보고
혼자 고개 숙여 산길을 걷게 하소서.

(1981)

사랑이여 조그만 사랑이여 · 19

주여, 저는 사랑하고
괴로워하나이다.
괴로워하고 또
사랑하나이다.

장독대에 즐비한
장독들
가운데서도 금이 가고
귀 떨어진 소금항아리,

고쳐 쓰시든지
버리시든지
뜻대로 하소서.

(1981)

서정시인

다른 아이들 모두 서커스 구경 갈 때

혼자 남아 집을 보는 아이처럼

모로 돌아서서 까치집을 바라보는

늙은 화가처럼

신도들한테 따돌림 당한

시골 목사처럼.

(1980)

안개가 짙은들

안개가 짙은들 산까지 지울 수야
어둠이 깊은들 오는 아침까지 막을 수야
안개와 어둠 속을 꿰뚫는 물소리, 새소리,
비바람 설친들 피는 꽃까지 막을 수야.

(1980)

내가 너를

내가 너를
얼마나 좋아하는지
너는 몰라도 된다

너를 좋아하는 마음은
오로지 나의 것이요,
나의 그리움은
나 혼자만의 것으로도
차고 넘치니까……

나는 이제
너 없이도 너를
좋아할 수 있다.

(1980)

배회

1
사랑하는 사람아, 너는 모를 것이다.
이렇게 멀리 떨어진 변방의 둘레를 돌면서
내가 얼마나 너를 생각하고 있는가를.

사랑하는 사람아, 너는 까마득 짐작도 못할 것이다.
겨울 저수지의 외곽길을 돌면서
맑은 물낯에 산을 한 채 비쳐보고
겨울 흰구름 몇 송이 띄워보고
볼우물 곱게 웃음 웃는 너의 얼굴 또한
그 물낯에 비쳐보기도 하다가
이내 싱거워 돌멩이 하나 던져 깨뜨리고 마는
슬픈 나의 장난을.

2
솔바람 소리는 그늘조차 푸른빛이다.
솔바람 소리의 그늘에 들면 옷깃에도
푸른 옥빛 물감이 들 것만 같다.

사랑하는 사람아,
내가 너를 생각하는 마음조차 그만
포로소름 옥빛 물감이 들고 만다면
어찌겠느냐 어찌겠느냐.

솔바람 소리 속에는
자수정 빛 네 눈물 비린내 스며 있다.
솔바람 소리 속에는
비릿한 네 속살 내음새 묻어 있다.

사랑하는 사람아,

내가 너를 사랑하는 이 마음조차 그만

눈물 비린내에 스미고 만다면

어찌겠느냐 어찌겠느냐.

3

나는 지금도 네게로 가고 있다.

마른 갈꽃 내음 한 아름 가슴에 안고

살얼음에 버려진 골목길 저만큼

네모난 창문의 방 안에 숨어서

나를 기다리는

빨강 치마 흰 버선 속의 따스한 너의 맨발을 찾아서.

네 열 개 발가락의 잘 다듬어진 발톱들 속으로.

지금도 나는 네게로 가고 있다.

마른 갈꽃송이 꺾어 한 아름 가슴에 안고

처마 밑에 정갈히 내건 한 초롱

네 처녀의 등불을 찾아서.

네 이쁜 배꼽의 한 접시 목마름 속으로

기뻐서 지줄대는 네 실핏줄의 노래들 속으로.

(1978)

소나무에도 이모님의 웃음 뒤에도

얼핏 보아 푸르고 푸르기만 해 보이는 소나무에도
자세히 보면 삭정가지가 숨어 있듯이
여름날의 비를 맞은 함박꽃인 양 화사키만 하던
이모님의 웃음 뒤에도 눈물은 슴슴이 스며나듯이
사람 사는 한평생에 어찌 매양 기를 쓰고
좋은 일 기쁜 일만 바랄 것인가.

가다간 까마득 잊혀지기도 하고
가다간 죽은드키 숨어 살기도 하고
가다간 꼴찌로 남의 뒤나 슬금슬금
따라다니는 것 또한 그다지 나쁘지 않은 일.
궂은 일을 당해서도
너끈히 잘 참아 견뎌낼 줄 아는 능력 또한
좋고 좋은 일.

그래야만 오래 살면서도 푸르고 싱싱한 소나무처럼
오래도록 푸르고 싱싱할 것이 아닌가.
그래야만 이모님의 웃음결의 때깔처럼
오래도록 안 잊히고 곱게 살아 남을 일이 아닌가.

(1977)

메꽃

　마파람이 몹시 불어 미루나무 숲에서 샘물 퍼내는 두레박 소리가 나는 밤, 그때마다 약속이라도 한 듯 청개구리 떼를 지어 목을 놓아 우는 밤에, 애기를 낳지 못하는 아내를 위하여 아내와 함께 울었다. 무엇으로도 부족할 것이 없는 당신이 나 때문에 부족한 사람이 되었으니, 다른 여자 얻어서 애 낳고 살라고, 그렇지만 아주 헤어질 수는 없고 서울에다 전세방 하나 얻어주고 생활비 대주고 한 달에 두어 번만 찾아와 준다면, 그것으로 자족하고 살아가겠으니 물러나겠노라 앙탈하는 아내를 달래다가, 나도 그만 아내 따라 울고 말았다.

　어디 그게 할 말이나 되냐고, 첫 애기 잘못되어 여러 번 수술하다 보니 그렇게 된 것이지, 어디 그게 당신 죄냐고 차마 그럴 수는 없는 일이라고, 그러느니 차라리 영아원에 가서 아이 하나 데려다 기르며 같이 살자고, 왜 이런 슬픔이 우리 것이어야만 하느냐고, 남들이 듣지 못하게 작은 목소리로 더욱 작은 울음소리로 느껴울다가 지쳐 잠이 들었다.

자고 일어난 다음날 아침, 흙담을 타고 올라가 메꽃 한 송이 피어 있는 게, 그날따라 아프게 눈에 띄었다. 밤사이 우리 울음을 몰래몰래 훔쳐 먹고 우리 눈물을 가만가만 받아먹고, 꺼질 듯한 한숨으로 발가벗은 황토흙담 위에 피어서 바람에 날리는 메꽃. 그러고 보니 아내 얼굴 또한 누르띵띵하니 부은 게 메꽃같이 보였다. 하긴 아내 눈에 내 얼굴도 메꽃쯤으로 보였으리라. 메꽃! 너, 버려진 땅 아무 데서나 자라, 하루 아침 한때를 분단장하고 피었다가, 이내 시들고 마는 푸새. 담홍빛 슬픔의 찌꺼기여.

(1976)

변방의 풀잎

1
아침에 잠 깨어
뒤뜰에 나가 보면
나보다 먼저 잠 깬 풀잎,
풀잎 끝 이슬.

부신 햇살에
목욕을 하고
쏴, 쏴, 물 끼얹는 소리를 내며
목욕을 하고,

대숲에서
이슬방울을 털며 쏟아지는
아침 참새 떼……

빛이 모이는 곳에
새소리들도 모여서
어쩜 그건 쨍그랑, 쨍그랑,
햇빛 깨어지는 소리로

내 어지러운 지난밤
꿈을 씻는다.
나의 아침 하루
더딘 출범出帆의 돛폭을 단다.

2
사람이 싫어
사람 냄새가 싫어
인가 멀리
사람 발자국 끊긴 곳
무성하게 자라나는 풀잎.
무성하게 자라나는 고요.

사람이 싫어
사람 냄새가 싫어
인가 멀리
우거진 풀숲에
짜아하니 흩어진
가을 풀벌레 울음.

물이 아니어도
물같이 스미는 마음아.
달빛이 아니어도
달빛같이 부서져 반짝이는 마음아.

도라지꽃 싸리꽃 우거진 곳에
쓰러져 통곡하는 우리들 청춘,
우리들 젊은 날의 사랑아.

3
외할아버지 일찍
저승으로 보내시고
시집보낸 외동딸이 오는가,
외손자들 오는가,

문 밖에 서성이는 나뭇잎 하나에도
소스라쳐 놀래시는 귀[耳]가 커서

희끗희끗 흰구름 사위어지는
언덕에 올라
먼먼 들길만 보며
들길에 오가는 낯선 바람 그림자들만 기웃거리며

여린 풀잎에 몸을 기대어 한평생
외할머니는
그렇게 사시는 분.

한 줄기 풀벌레 울음소리에 몸을 기대어
여린 풀잎 그림자에 몸을 숨기어
외할머니는 그렇게
한평생을 사시는 분.

4
해가 진 지 오래도록
대숲에서 지줄거리는
산새들.

아마
산새들의 가슴속에는
아직도 따스한 햇살이 남아 있나 보오.
빛나는 노을 조각이라도 남아 있나 보오.

해가 지자
더욱 요란스레
풀벌레 울음소리
대숲의 아랫도릴 흔들고

대숲의 발부릴 적시는
찬 저녁 이슬,

아마
내 가슴속에도 아직은
따스한 노래가 남아 흐르나 보오.
정다운 얘기가 남아 속삭이나 보오.

5
곱게 쓸리는 억새풀꽃 따라 가을바람 따라
혼자 휘파람 불며 가을길을 가노라면
어느새 나는 꿈꾸어라.

옥수숫대 수숫대 어우러진 풀덤불 사이
밤이 와도 불이 켜지지 않는 초가집 한 채.
사람들 비우고 떠나간 오두막집 한 채.

갈꽃 향기에 젖어
가을 풀벌레 울음소리에 젖어
쓰러질 듯 쓰러질 듯 그 오두막.

거기 살던 사람들은 떠났어도 가을은 와서
마당 앞 옹달샘은 맑게 솟아
슬픈 눈을 뜨고 있어라.

거기 살던 사람들은 떠났어도 가을은 와서
뒤뜰에 밤나무 송이 벌고
앞뜰에 감나무 감알이 여물었어라.

(1976)

숲속에 그 나무 아래

숲속에 그 나무 아래
우리들의 나뭇잎은 떨어져 있을 것이다.
떨어져 썩고 있을 것이다.
그날의 그 우리들의 숨소리, 발자국 소리,
익은 알밤이 되어 상수리나무 열매가 되어
썩은 나뭇잎 아래 싹을 틔우고 있을 것이다.

어차피 우리는 이승에서 남남인 걸요.
마음만 마주 뜨는 보름달일 뿐,
손끝 하나 닿을 수 없는
산드랗게 먼 하늘인 걸요.
안돼요 안돼요 안돼요 안돼요
한사코 흐르는 물소리 물소리……
덤불 속으로 기어드는 저기 저 까투리 까투리……

숲속에 그 나무 아래

우리들의 나뭇잎은

떨어져 쌓여서 썩고 있을 것이다.

새싹을 틔우는 거름이 되고 있을 것이다.

아름다운 우리의 또 다른 여름을

아름다운 우리의 또 다른 가을을 꿈꾸며.

저 혼자서 꿈꾸며.

(1976)

돌계단

네 손을 잡고 돌계단을 오르고 있었지.

돌계단 하나에 석등이 보이고
돌계단 둘에 석탑이 보이고
돌계단 셋에 극락전이 보이고
극락전 뒤에 푸른 산이 다가서고
하늘에는 흰구름이 돛을 달고 마악
떠나가려 하고 있었지.

하늘이 보일 때 이미
돌계단은 끝이 나 있었고
내 손에 이끌려 돌계단을 오르던 너는
이미 내 옆에 없었지.

훌쩍 하늘로 날아가 흰구름이 되어버린 너!

우리는 모두 흰구름이에요, 흰구름.

육신을 벗고 나면 이렇게 가볍게 빛나는

당신이나 저나 흰구름일 뿐이에요.

너는 하늘 속에서 나를 보며 어서 오라 손짓하며 웃고

나는 너를 따라갈 수 없어 땅에서 울고 있었지.

발을 구르며 땅에 서서 울고만 있었지.

(1976)

봄날에

사람아,
피어오르는 흰구름 앞에 흰구름 바라
가던 길 멈추고 요만큼
눈파리하고 서 있는 이것도 실은
네게로 가는 여러 길목의 한 주막쯤인 셈이요,

철쭉꽃 옆에 멍청히
철쭉꽃 바라 서 있는 이것도 실은
네게로 가는 여러 길 가운데
한 길이 아니겠는가?

마치,
철쭉꽃 눈에 눈물 고이도록
바라보고 있노라면
가슴에 철쭉꽃물이라도 배어 올 듯이,
흰구름 비친 호숫물이라도 하나 고여 올 듯이,

사람아,

내가 너를 두고

꿈꾸는 이거, 눈물겨워하는 이거, 모두는

네게로 가는 여러 방법 가운데

한 방법쯤인 것이다.

숲속의 한 샛길인 셈인 것이다.

(1975)

구름

옷
고름
푸는 그대
가는 손길같이,
손톱 끝에 떨리는
그대 작은 가슴의 낮달같이,
흐르다 흐르다가
지쳐버린 거,
황진이黃眞伊
하얀
넋.

(1975)

막동리 소묘

1

아스라이 청보리 푸른 숨소리 스민 청자의 하늘,

눈물 고인 눈으로 바라보지 마셔요.

눈물 고인 눈으로 바라보지 마셔요.

보리밭 이랑 이랑마다 솟는 종다리.

2

얼굴 붉힌 비둘기 발목같이 발목같이

하늘로 뽑아 올린 복숭아나무 새순들.

하늘로 팔을 벌린 봄 과원의 말씀들.

그같이 잠든 여자, 고운 눈썹 잠든 여자.

3

내버려 두라, 햇볕 드는 대로 바람 부는 대로

때가 되면 사과나무에 사과꽃 피고

누이의 앵두나무에 누이의 앵두가 익듯

네 가슴의 포도는 단물이 들 대로 들을 것이다.

4

모음으로 짜개지는 옥빛 하늘의 틈서리로

우·우·우·우, 사랑의 내력來歷 보 터져오는 솔바람 소리.

제가 지껄인 소리 제가 들으려고

오·오·오·오, 입을 벌리는 실개천 개울물 소리.

5

겨우내 비워둔 나의 술잔에

밤새워 조곤조곤 봄비 속살거리고

사운사운 살을 씻는 댓잎의 노래,

비워도 비워도 넘치네. 자꾸 술이 넘치네.

6

물안개에 슬리는 차운 산허리

뻐꾸기 울음소리 감돌아 가고

가난하고 가난하고 또 가난하여라,

아침마다 골짝 물소리에 씻는 나의 귀.

7

감나무 나무 속잎 나고

버드나무 실가지에 연둣빛 칠해지는 거,

아, 물찬 포강배미 햇살이 허물 벗는 거,

보리밭에 바람이 맨살로 드러눕는 거.

8

그 계집애, 가물가물 아지랑이 허리를 가진.

눈썹이 포로소롬 풋보리 같은.

그 계집애, 새봄맞이 비를 맞은 마늘촉 같은.

안개 지핀 대숲에 달덩이 같은.

9

유채꽃밭 노오란 꽃 핀 것만 봐도 눈물 고였다.

너무나 순정적인 너무나 맹목적인

아, 열여섯 살짜리 달빛의 이슬의

안쓰러운 발목이여. 모가지여. 가슴이여.

10

덤으로 사는 목숨 그림자로 앉아서

반야심경을 펴 든 날 맑게 눈튼 날

수풀 속을 헤쳐 온 바람이 책장을 넘겨주데.

꾀꼬리 울음소리가 대신해서 경을 읽데.

(1974-1978)

내가 꿈꾸는 여자

1
내가 꿈꾸는 여자는
발가락이 이쁜 여자.
발뒤꿈치가 이쁜 여자.
발톱이 이쁜 여자.

정말로 내가 꿈꾸는 여자는
발가락에 때가 묻지 않은 여자.
발뒤꿈치에 때가 묻지 않은 여자.
발톱에 때가 묻지 않은 여자.

그리고 감옥 속에 갇혀서
다소곳이 기다릴 줄도 아는 발을 가진
그러한 여자.

2
그녀의 발은 꽃이다.
그녀의 발은 물에서 금방 건져낸 물고기다.
그녀의 발은 풀밭에 이는 바람이다.
그녀의 발은 흰구름이다.

그녀의 발은
내 가슴을 짓이기기 위해서만 존재한다.
그녀의 발 아래서
나의 가슴은 비로소 꽃잎일 수 있다.
그녀의 발 아래서
나의 가슴은 비로소 흰구름일 수 있다.
금방 물에서 건져낸 물고기일 수도 있다.

(1973)

산거

1

산에 와서 혼자 부르는 메아리는
대답해주는 사람 없어서 좋데.
산에 와서 혼자 듣는 산새 소리는
듣는 이 아무도 없어서 더욱 좋데.

2

근심이 하 먹구름 같은들
나무가 알아줄까, 산이 덜어줄까,
겨울 산벚꽃나무 잔가지에 살로 틔어 아픈 산새 소리여.
불 꺼진 석등 아래 미미한 달빛이여.

3

싸락눈 하나에 가려진 산.
눈썹 하나에 갇혀진 영원.
입술 하나에 묻혀진 바다.
아, 그대 눈에 어리어 발을 씻는 머언 흰구름.

4

하얀 달빛 뜨락에 싸락눈 내렸다.

하얀 달빛 기왓골에 싸락눈 쌓였다.

이런 밤에 잠 못 들어 뜨락을 서성이는 사람.

사람 몰래 깨어 숨 쉬는 나무, 나무, 산, 산.

5

산에서 만난 사람들은 속으로만 울음 운다.

눈물을 보일 수 없어 차마 눈물을 보일 수 없어

돌아서서 남 몰래 손등으로 눈물 훔친다.

돌아서서 마른 잎 바람소리에 눈물 씻는다.

6

바람끼리 모여 살데,
빈 산골짜기.

나무끼리 정을 트데,
아무렇게나.

스님도 구름도 한 번 가선 아니 오는 곳,
아미산중娥眉山中에……

돌끼리 눈 맞추데,
죽은 풀 아래.

(1972~1974)

산

1
내내 구름만 보며
새소리만 들으며
물소리에 풀벌레 울음소리에
옷깃이 젖었습네다.
그대 눈 속을 지키다 내가 먼저 글썽
두 눈에 눈물 고였습네다.

2
나는 그대 마음 알지 못해
망설이다 바람이 되고
그대 내 마음 짐작 못해
산골짝 숨어 흐르는 물소리 되다.
어느덧 눈을 들면
면전에 임자 없이 익어버린
감나무 산감나무
가지 휘도록 바알간 서릿감!

산의 허리에 감긴

가느다란 가느다란 아침 실안개여.

그대 비단 살허리띠여.

3

가을비 속에 비를 맞으며

사내들은 묵묵부답

고개 숙여 기다렸나니,

서른 살 내외의 우리 나이보담은 더 많이 살았지만

그들의 어깨는 건장했나니,

우리 이담에 죽어

산에 와 나무 되어 살아요, 네?

그대 나를 보며 하던 말,

땅 속으로 바위 틈서리로

마주 잡는 손, 손,

우리의 악수는 견고했나니…….

4

그 온갖의 이얘기와 그 온갖의 슬픔과 그 온갖의 어지러운 머리칼과 그 온갖의 노여움과 비린내, 오로지 물소리로 새소리로 풀벌레 울음소리로 맑혀 가지고, 나무 아래 화안히 촛불 밝혀 산은 그렇게 조용히 물러앉은 사람. 그러면서 오히려 안으로 뜨거운 사람. 눈 비비며 아침 산책길에 나서고 보면, 잠 안 오던 지난 밤 별들의 울음소리 더러는 이슬 되어 풀섶에 떨어져 있고, 풀잎만 적셔 우리의 발길을 기다려 있고, 이제 남의 아낙도 제 아낙쯤으로 생각케 되어진 우쭐우쭐 스스럼 없는 암수의 연봉連峯들, 화안히 속살 내비치는 잠옷 한 겹 바람에 비단 안개로 부끄러운 곳만 가리운 채, 흐드러지게 모두 나와 웃고 있네. 수런수런 아침상 받을 채비로 세수들을 하고 있네.

(1973)

우물터에서

그동안 당신이 많이도 잊어먹은 것은
구름을 바라보는 서거픈 눈매.
눈 덮인 골짝에서
부서져 내리는 돌바람의 귀[耳]
푸들푸들 깃을 치는 눈[雪]의 육체.

그동안 당신이 많이도 잊어먹은 것은
책 한 권 아무렇게나 손에 들고
저무는 언덕길로 멀어져 가던 뒷모습.
초가집 뒤울안에 곱게 쓸리는 대숲의 그늘.

오시구려, 오시구려,

그렇게 멀리서

억뚝억뚝 바라보며 서 있지만 말고

흰구름이라도 하나 잡아 타고

그동안 많이도 잊어먹은 것들을 가지러

오시구려,

아직도 우물터가 그리운 사람아.

(1972)

오월에

1
찰랑찰랑
애기 손바닥을 흔드는
미루나무 속잎 속에
초집 한 채가 갇혔다.

하이얀 탱자꽃 내음에
초집 한 채가
또 갇혔다.

들머리밭엔
노오란 배추꽃
바람.

햇살 남매 모여 노는
초지붕 그 아랜
작은 나의 방.

2
치렁치렁
보릿고랑에 바람 흘러간다.
내 작은 마음 흘러간다.

길슴한 보리모개 사이로
보얗게 목이 팬 그리움.
부질없이 화사한 고전의 의상.

웃으며 네가 웃으며
나래 저어 올 것만 같은 날에.
머리칼이라도 조금 날릴 것 같은 날에.

3
푸른 언덕이 뱉어놓은 흰구름덩이.
흰구름덩이 속으로 다이빙해 들어가는
새끼 제비의 비행 연습.
네 생각하다 잠들었다, 오후.
문득 시계풀꽃* 내음에 흩어지는
나의 꿈.

4
누군지 모를 이 기다리고 있을까 싶어
언덕에 나와 휘파람 불면
눈썹까지 그득히 고여 오는 한낮의 바다
글썽이며 눈물 글썽이며 따라 나서고
금은의 햇살을 실어 나르는 조각배,
바람만 잡아 돌아온다.
바람만 잡아 돌아온다.

5
바람에 머리칼 날리는
자작나무의 귀밑볼은
희다.

바람에 스커트 자락 날리는
자작나무의 속살은
눈부시다.

바람에 풀어헤친
자작나무의 흰 가슴은
날아갈 듯 부풀었다.

   * 시계풀꽃 : 클로버꽃.

(1972)

가을 서한 · 2

1

당신도 쉽사리 건져주지 못할 슬픔이라면
해질녘 바닷가에 나와 서 있겠습니다.
금방 등돌리며 이별하는 햇볕들을 만나기 위하여.
그 햇볕들과 두 번째의 이별을 갖기 위하여.

2

눈 한 번 감았다 뜰 때마다
한 겹씩 옷을 벗고 나서는 구름,
멀리 웃고만 계신 당신 옆모습이랄까?
손 안 닿을 만큼 멀리 빛나는 슬픔의 높이.

3

아무의 뜨락에도 들어서 보지 못하고
아무의 들판에서 쉬지도 못하고
기웃기웃 여기 다다랐습니다.
고개 들어 우러르면 하늘, 당신의 이마.

4
호오, 유리창 위에 입김 모으고
그 사람 이름 썼다 이내 지우는
황홀하고도 슬픈 어리석음이여,
혹시 누구 알 이 있을까 몰라…….

(1972)

등 너머로 훔쳐 듣는 대숲바람 소리

등 너머로 훔쳐 듣는 남의 집 대숲바람 소리 속에는
밤사이 내려와 놀던 초록별들의
퍼렇게 멍든 날갯죽지가 떨어져 있다.
어린 날 뒤울안에서
매 맞고 혼자 숨어 울던 눈물의 찌꺼기가
비칠비칠 아직도 거기
남아 빛나고 있다.

심청이네집 심청이
빌어먹으러 나가고
심봉사 혼자 앉아
날무처럼 끄들끄들 졸고 있는 툇마루 끝에
개다리소반 위 비인 상사발에
마음만 부자로 쌓여주던 그 햇살이
다시 눈 트고 있다, 다시 눈 트고 있다.
장승상네 참대밭의 우레 소리도
다시 무너져서 내게로 달려오고 있다.

등 너머로 훔쳐 듣는

남의 집 대숲바람 소리 속에는

내 어린 날 여름 냇가에서

손바닥 벌려 잡다 놓쳐버린

발가벗은 햇살의 그 반쪽이

앞질러 달려와서 기다리며

저 혼자 심심해 반짝이고 있다.

저 혼자 심심해 물구나무 서 보이고 있다.

(1971)

어린 날에 듣던 솔바람 소리

시래기밥 먹고
마당가에 나온 겨울 저녁이면
일기 시작하는 솔바람 소리,
아아, 저절로 배부르구나.

호롱불 어둑한 부엌에서
설거지하던 어머닌
어디 가셨나?
또 군대 가신 아버지 생각에
장독대 뒤로 눈물 닦으러 가신 게지.

밥을 많이 먹으면
쉽게 하품이 나와
방에 다시 들어와
어둑한 등불빛 아래
다시 듣는 솔바람 소리면
아아, 졸립구나 졸립구나.

자리끼가 떵떵 어는 추위에도

어기잖고 또 아침은 와

눈 덮인 산에서

기어 내려오는 솔바람 소리,

어쩐지 배 고프구나 고프구나.

시래기밥 먹은 배

쉽게쉽게 쓰리구나.

(1971)

언덕에서

1
저녁때 저녁때
저무는 언덕에 혼자 오르면
절간의 뒤란에 켜지는
한 초롱의 조이등불이 온다.
돌다리 내려 끼울은 석등石燈에 스미는
귀 떨어진 그 물소리,
내게 스민다.
숲의 속살을 탐하다 늦어버린
바람의 늦은 귀가歸家가 온다.

2
아침에 비,
머리칼이 젖고
오후 맑음,
언덕에 올라 앞을 막는 바람 한 줄기.
나무숲에서 새소리 난다.

새소리 끝에 묻어나는 숲의 살내음.
아아, 누구든지 한 사람 만나고 싶다.
누구든지 한 사람 만나고 싶다.

3
오늘은 불타는 그대의 눈
그대의 눈썹.
엷은 풀냄새 나다,
여린 감꽃냄새 나다,
그대 머리칼.

까맣게 잊어먹었던
그대 분홍 손톱에 숨겨진
아직도 하얀 낮달이 한 개.

찾아가다 찾아가다
길 잃고 주저앉은 산골 속
햇볕에 불타는 노오란 산수유꽃길
그대의 눈.

이제사 잠든
대숲바람 소리
그대의 눈썹.

(1971)

빈손의 노래

1
가을에는 빈 뜨락을
거닐게 하소서.

맨발 벗은 구름 아래
괴벗은* 마음으로
주머니에 손을 찌르고 들길을 돌아와
끝내 빈손이게 하소서.

가을에는 혼자 몸져 앓아누워
담장 너머 성한 사람들 떠드는 소리
귀동냥해 듣게 하소서.

무너져 내린 꽃밭 귀퉁이
아직도 분명 불타고 있을 사르비아꽃 대궁이에
황량히 쌓이고 있을
이국의 햇볕이나
속맘으로 요량해 보게 하소서.

2
들판이 자꾸 남루를
벗기 시작하는데,
나무들이 자꾸 그 부끄러운 곳을
드러내 보이기 시작하는데,

내 그대 위해 예비한 건
동산 위에 밤마다 솟는
저 임자 없는 달님뿐이다.
새로 바른 문풍지에 새어 나오는
저 아슴한 불빛 한 초롱뿐이다.

누군가의 어깨가 어둠 속으로 사라져 가는데,
누군가의 발자국이 어둠 속에서 돌아오는데,

이 가을 다 가도록
그대 위해 예비한 건
가늘은 바람 하나에도 살아 소근대는
대숲의 저 작은 노래뿐이다.

아침마다 산에 올라
혼자 듣다 돌아오는
키 큰 소나무
머리칼 젖은 송뢰뿐이다.

3
애당초 아무 것도
바라지 말았어야 했던 걸 모르고
너무 많은 걸 꿈꾸다가
너무 많은 걸 찾아다니다가
아무 것도 찾지 못하고 만
이제 또 가을.

문지방에 풀벌레 소리
다 미쳐 왔으니
염치없는 손으로
어느 들녘에 가을걷이하러 갈까?

허나, 더 늦기 전에
나도 들로 내려
드디어 낭자히 풀벌레 소리 강물 된 옆에
실개천 물소리 되어 따라 흐르다가
허리 부러진 햇살이나
주머니에 가득 담아 가지고
한나절 흥얼흥얼 돌아올거나.

오는 길에 그래도

해가 남으면

산에 올라 들국화 몇 송이 꺾어 들고

저승의 바닷비린내 묻어오는

솔바람 소리나 두어 마지기 빌려다가

내 작은 뜨락에

내 작은 노래 시켜볼거나.

* 괴벗은 : '헐렁한', '풀어진 듯한'의 뜻.

(1971)

진눈깨비

식을 대로 식어버린 그대 입술의
마지막 돌아서던 그 키스에
이승에선 다시 안 볼 사람 앞
맵고 짜던 그 눈총 속에
어쩌면 얌전하디얌전하게
잠들어 있었을지도 모르는 그 진눈깨비 한 마장.

용케도 안 잊어먹고
하늘의 그 어드메 삼수갑산쯤에서
들키지 않게 숨어 있다가
오늘에사 나를 찾아오시는
이 시늉, 이 매질들인가.

누구의 선 귀때기나 울려주려고
누구의 슬픔에 뿌리를 달아주려고
느지막이 이 투정, 이 안달들인가.

그러나 이제는

적셔도 젖지 않을 눈물,

울려도 울지 않을 나의 삼경三更.

서리무지개 서서

줄기줄기 무리져서

이승에선 다시 안 볼 사람 앞

매질하며 달려오시는 그대.

고꾸라지며 맨발 벗고 내게 오시는 그대.

(1971)

겨울 달무리

웃으면 가지런한 옥니가 이쁘던 그대,
웃으면 볼 위에 새암도 생기던 그대,
그대의 손가락에 끼웠던
금가락지 같은 달무리가
오늘은 우리의 이별의 하늘에 솟았다.

그대의 마을에서부터 오는
기러기 발가락들이 찍어놓은
발가락 도장들이 어지러운 하늘가
오늘은 눈이라도 오시려나.
천둥호령이라도 나시려나.

울명울명 울음을 참던

나의 하늘에

그때 그대를 시집 보내던 나의 마음이

오늘은 잊혀진 겨울 하늘에

흐릿한 달무리로만 어렸다.

달무리 하나로만 남았다.

(1971)

초승달

아무리 생각해도
다시는 더 만날 수 없는 너.
빗속에 마주 보며 울 수도 없는 너.

어디 갔다 이제야
너무 늦게 왔니?

흰구름도 사위어지고
나뭇잎도 갈리고
그 신명나던 왕머구리 풍각쟁이들도
다 사라져 가고
마지막으로 눈이 내린 지금,

서슬 푸른 그대의

동저고릿바람

옷고름 그 아래

사향 냄새까지 묻혀 가지고

이쁜 은장돗날만

퍼렇게 베려 가지고

입도 코도 망가진 가시내야

눈썹만 시퍼렇게 길러 가진 가시내야.

(1971)

상수리나뭇잎 떨어진 숲으로

오뉴월에 껴 입은 옷들을 거의 다 벗어가는 그대여.
가자, 가자.
나도 거의 다 입은 옷 벗어가니
상수리나무 나뭇잎 떨어져 쌓인 상수리나무 숲으로
칡순같이 얽혀진 손을 서로 비비며.

와삭와삭 돌아눕는 낙엽 아래
그동안 많이도 잃어진 천국의 샘물을 찾으러,
가으내 머리 감을 때마다
뽑혀나간 머리카락들을 찾으러.

가자, 가자,

마지막 남은 옷들을 벗기 위하여

상수리나뭇잎 떨어진 상수리나무 숲으로

이젠 뼈마디만 남은

열개 스무개 발가락들 서로 비비며.

열개 스무개 마음의 뼈마디들 서로 비비며.

(1971)

가을 서한·1

1
끝내 빈손 들고 돌아온 가을아,
종이 기러기 한 마리 안 날아오는 비인 가을아,
내 마음까지 모두 주어버리고 난 지금
나는 또 그대에게 무엇을 주어야 할까 몰라.

2
새로 국화잎새 따다 수놓아
새로 창호지문 바르고 나면
방 안 구석구석까지 밀려들어오는 저승의 햇살.
그것은 가난한 사람들만의 겨울 양식.

3
다시는 더 생각하지 않겠다,
다짐하고 내려오는 등성이에서
돌아보니 타닥타닥 영그는 가을 꽃씨 몇 옴큼.
바람 속에 흩어지는 산 너머 기적 소리.

4
가을은 가고
남은 건
바바리코트 자락에 날리는 바람
때 묻은 와이셔츠 깃.

가을은 가고
남은 건
그대 만나러 가는 골목길에서의
내 휘파람 소리.

첫눈 내리는 날에
켜질
그대 창문의 등불빛
한 초롱.

(1970~1971)

들국화·2

1
울지 않는다면서 먼저
눈썹이 젖어

말로는 잊겠다면서 다시
생각이 나서

어찌하여 우리는
헤어지고 생각나는 사람들입니까?

말로는 잊어버리마고
잊어버리마고……

등피
아래서.

2
살다 보면 눈물날 일도
많고 많지만
밤마다 호롱불 밝혀
네 강심江心에 노를 젓는
나는 나룻배.

아침이면
이슬길 풀섶길 돌고 돌아
후미진 곳
너 보고픈 마음에
하얀 꽃송이 하날 피웠나 부다.

(1970)

어머니 치고 계신 행주치마는

어머니 치고 계신 행주치마는
하루 한 신들 마를 새 없어,
눈물에 한숨에
집 뒤란 솔밭에 스미는
초겨울 밤 솔바람 소리만치나
속절없이 속절없어……

봄 하루 허기진 보리밭 냄새와
쑥죽 먹고 짜는 남의 집 삯베의
짓가루 냄새와 그 비린내까지가
마를 줄 몰라, 마를 줄 몰라.

대구로 시집 간 딸의 얼굴이
서울서 실연하고 돌아와 울던 아들의 모습이
눈에 박혀 눈에 가시처럼 박혀
남아 있는 채,
남아 있는 채로……

이만큼 살았으면

기찬 일 아픈 일은 없으리라고

말하시는 어머니, 당신은

오늘도 울고 계시네요.

어쩌면 그렇게 웃고 계시네요.

(1970)

노상에서

길을 가다가
눈이 이쁜 새각시라도 만나거든
눈설은 남의 아낙이라도 만나거든
그의 귀밑볼만 잠깐 훔쳐보고
한켠으로 비키어 서서
먼 눈으로 하늘의 구름이나 바라자.

길을 가다가
귀가 이쁜 이웃집 아낙을 만나거든
해 묵혀둔 미투리에
바지 저고리 꺼내 입은 맵시 그대로
길 한켠에 비키어 서서 뒷짐이나 지고
나 부끄리어 붉게 물든 가을산의
허리통이나 올려다보자.

눈썹이 이쁜 이웃의 아낙을 만나거든

너무 욕심 부리지 말고

한 번만 보고

두 번 또 보는 것은

조금씩 애껴두기로 하자.

(1970)

대숲 아래서

1
바람은 구름을 몰고
구름은 생각을 몰고
다시 생각은 대숲을 몰고
대숲 아래 내 마음은 낙엽을 몬다.

2
밤새도록 댓잎에 별빛 어리듯
그슬린 등피에는 네 얼굴이 어리고
밤 깊어 대숲에는 후둑이다 가는 밤 소나기 소리.
그리고도 간간이 사운대다 가는 밤바람 소리.

3
어제는 보고 싶다 편지 쓰고
어젯밤 꿈엔 너를 만나 쓰러져 울었다.
자고 나니 눈두덩엔 메마른 눈물자죽,
문을 여니 산골엔 실비단 안개.

4

모두가 내 것만은 아닌 가을,
해 지는 서녘구름만이 내 차지다.
동구 밖에 떠드는 애들의
소리만이 내 차지다.
또한 동구 밖에서부터 피어오르는
밤안개만이 내 차지다.

하기는 모두가 내 것만은 아닌 것도 아닌
이 가을,
저녁밥 일찍이 먹고
우물가에 산보 나온
달님만이 내 차지다.
물에 빠져 머리칼 헹구는
달님만이 내 차지다.

(1970)

다시 산에 와서

세상에 그 흔한 눈물
세상에 그 많은 이별들을
내 모두 졸업하게 되는 날
산으로 다시 와
정정한 소나무 아래 터를 잡고
둥그런 무덤으로 누워
억새풀이나 기르며
솔바람 소리나 들으며 앉아 있으리.

멧새며 소쩍새 같은 것들이 와서 울어주는 곳,
그들의 애인들꺼정 데불고 와서 지저귀는
햇볕이 천년을 느을 고르게 비추는 곳쯤에 와서
밤마다 내리는 이슬과 서리를 마다하지 않으리.
길길이 쌓이는 장설壯雪을 또한 탓하지 않으리.

내 이승에서 빚진 마음들을 모두 갚게 되는 날,

너를 사랑하는 마음까지

백발로 졸업하게 되는 날

갈꽃 핀 등성이 너머

네가 웃으며 내게 온다 해도

하낫도 마음 설레일 것 없고

하낫도 네게 들려줄 얘기 이제 내게 없으니

너를 안다고도

또 모른다고도

숫제 말하지 않으리.

그 세상에 흔한 이별이며 눈물,

그리고 밤마다 오는 불면들을

내 모두 졸업하게 되는 날,

산에 다시 와서

싱그런 나무들 옆에

또 한 그루 나무로 서서

하늘의 천둥이며 번개들을 이웃하여

떼강물로 울음 우는 벌레들의 밤을 싫다하지 않으리.

푸르디푸른 솔바람 소리나 외우고 있으리.

(1970)

들국화·1

바람 부는 둥성이에
혼자 올라서
두고 온 옛날은
생각 말자고,
아주아주 생각 말자고.

갈꽃 핀 둥성이에
혼자 올라서
두고 온 옛날은
잊었노라고,
아주아주 잊었노라고.

구름이 헤적이는
하늘을 보며
어느 사이
두 눈에 고이는 눈물.
꽃잎에 젖는 이슬.

(1970)

하일음夏日吟

나이 스물 하고도 다섯의
이 여름에
내게 있어 제일로 중요한 일은
여자들과 만나 시시덕이는 잡담이 아니고
오로지 혼자 앉아 있을 수 있는 시간들이다.
혼자의 그 하얀 잔주름들을
잘 이겨낼 줄 아는 일이다.

가슴에 피어서 좀 쑤시게 하는
분홍, 분홍, 연분홍의 안개들을
곱게 다스려
말간 이슬 한 종재기로라도
걸러내는 일이다.

비 갠 여름 점심 한나절쯤
조히,
꽃밭 귀퉁이에
초등학생용 나무의자라도 하나
가져다 놓고
꽃들이 수선 떠는 그 소리 없는
소리들의 모양새들을
착실히 구경하는 일이다.

하늘의 비늘구름들이 내려와서
자맥질하며 멱감고 나오는
꽃 속의 호수라도 한 채
찾아내는 일이다.
찾아낼 줄 아는 일이다.

(1970)

321

외할머니

시방도 기다리고 계실 것이다,
외할머니는.

손자들이
오나오나 해서
흰 옷 입고 흰 버선 신고

조마조마
고목나무 아래
오두막집에서.

손자들이 오면 주려고
물렁감도 따다 놓으시고
상수리묵도 쑤어 두시고

오나오나 혹시나 해서
고갯마루에 올라
들길을 보며.

조마조마 혼자서
기다리고 계실 것이다,
시방도 언덕에 서서만 계실 것이다,
흰 옷 입은 외할머니는.

(1970)

나태주羅泰柱 문학연보

1945년	3월 17일(음력 2월 4일) 외가(충남 서천군 시초면 초현리 111번지)에서 출생 (아버지 나승복 님, 어머니 김경애 님), 이후 외가와 친가(서천군 기산면 막동리 24번지)를 오가며 성장
1957년	시초국민학교 졸업
1960년	서천중학교 졸업
1962년	공주사범학교 3학년 때 중도일보에 시 「戀歌抄」 발표, 공주문화원 주최 한글 날 기념 백일장에서 차원 입상
1963년	공주사범학교 졸업
1964년	사범학교 동급생이었던 김동현(구명 김기종, 시인이며 변호사)과 2인 동인지 〈구름에게 바람에게〉 1집 출간(프린트판), 경기도 연천군 군남국민학교 교사 초임발령
1965년	〈구름에게 바람에게〉 2집 출간
1966년	육군 사병 입대
1968년	주월비둘기부대 사병으로 근무 중 전우신문에 「남국의 태양」 등 몇 편의 시 발표
1969년	육군 만기제대, 경기도 연천군 전곡국민학교 교사로 복직(1년)
1970년	고향 서천군 마서면 서남국민학교로 전보(1년)
1971년	시 「대숲 아래서」로 서울신문 신춘문예 당선(심사 박목월, 박남수 선생), 월기 국민학교 교사(3년 6개월)
1972년	〈새여울〉 동인 활동 시작
1973년	제1시집 『대숲 아래서』(서울:예문관) 출간, 박목월 선생 주례로 김성예와 혼인
1975년	장항중앙국민학교 교사(1년)
1976년	마산국민학교 교사(3년)
1977년	제2시집 『누님의 가을』(대전:창학사) 출간, 아들 병윤(4월 15일) 출생
1979년	구재기, 권선옥과의 3인시집 『母音』(대전:창학사) 출간, 제3회 흙의문학상 수 상(본상, 수상작 연작시 「막동리 소묘」, 한국문예진흥원), 공주교육대학 부속국 민학교 교사(6년), 딸 민애(6월 26일) 출생
1980년	제3시집 『막동리 소묘』(서울:일지사) 출간
1981년	산문집 『대숲에 어리는 별빛』(서울:열쇠사), 제4시집 『사랑이여 조그만 사랑 이여』(서울:일지사) 출간

1983년	제5시집 『변방』(대전:신문학사), 제6시집 『구름이여 꿈꾸는 구름이여』(서울: 일지사) 출간
1984년	산문집 『절망, 그 검은 꽃송이』(서울:오상사), 동시집 『외할머니』(대전:신문학사) 출간
1985년	제7시집 『굴뚝각시』(서울:오상사), 제8시집 『사랑하는 마음 내게 있어도』(서울:일지사) 출간, 한국방송통신대학 초등교육과 졸업, 공주 호계국민학교 교사(4년)
1986년	제9시집 『목숨의 비늘 하나』(서울:영언문화사), 제10시집 『아버지를 찾습니다』(서울:정음사) 출간
1987년	제11시집 『그대 지키는 나의 등불』(서울:고려원), 합본시집 『젊은 날의 사랑아』(서울:청하) 출간
1988년	선시집 『빈손의 노래』(서울:문학사상사), 출간, 제32회 충청남도문화상(충청남도) 수상, 충남대학교 교육대학원 졸업(교육학석사)
1989년	제12시집 『추억이 손짓하거든』(서울:일지사) 출간, 충남 청양군 문성국민학교 교감 승진(1년)
1990년	제13시집 『딸을 위하여』(대전:대교), 제14시집 『두 마리 학과 같이』(서울:진솔) 출간, 충남교원연수원 장학사 전직(5년)
1991년	제15시집 『훔쳐보는 얼굴이 더 아름답다』(서울:일지사), 제16시집 『눈물난다』(서울:전원), 100인 시선집 『추억의 묶음』(서울:미래사) 출간
1992년	선시집 『네 생각 하나로 날이 저문다』(서울:혜진서관), 선시집 『손바닥에 쓴 서정시』(대전:분지) 출간
1993년	충남문인협회 회장(2년)
1994년	제17시집 『지는 해가 눈에 부시다』(서울:헌음사), 제18시집 『나는 파리에 가서도 향수를 사지 않았다』(대전:분지) 출간
1995년	제19시집 『천지여 천지여』(대전:분지) 출간, 〈금강시마을〉 회원 활동 시작, 논산 호암국민학교 교감 복귀(4년 6개월)
1996년	제20시집 『풀잎 속 작은 길』(서울:고려원) 출간
1997년	산문집 『추억이 말하게 하라』(대전:분지) 출간, 제2회 현대불교문학상(현대불교문인협회) 수상
1999년	시화집 『사랑하는 마음 내게 있어도』(서울:혜화당), 산문집 『외할머니랑 소쩍

새랑』(대전:분지) 출간, 공주 왕흥초등학교 교장 승진(1년)

2000년 제21시집 『슬픔에 손목 잡혀』(서울:시와시학사), 선시집 3권 『슬픈 젊은 날』
『나의 등불도 애닮다』『하늘의 서쪽』(서울:토우), 산문집 『쓸쓸한 서정시인』
(대전:분지) 출간, 〈불교문예〉 편집주간으로 위촉, 제2회 박용래문학상(수상시
집 『슬픔에 손목 잡혀』, 대전일보사) 수상, 공주 상서초등학교 교장(4년)

2001년 제22시집 『섬을 건너다보는 자리』(서울:푸른사상사) 출간, 공주녹색연합 선
임(2년간), 이성선 송수권과의 3인시집 『별 아래 잠든 시인』(서울:문학사상사)
출간

2002년 제23시집 『산촌엽서』(서울:문학사상사), 산문집 『시골사람, 시골선생님』(서
울:동학사) 출간, 공주문인협회 회장(2년), 격월간 시잡지 〈시를 사랑하는 사람
들〉 공동주간으로 위촉, 제7회 시와시학상(작품상, 시와시학사), 제2회 대한민
국향토문학상(광주) 수상

2004년 동화집 『외톨이』(서울:계수나무), 회갑기념문집 『나태주의 시세계』(대전:분
지), 『나태주 시인앨범』(대전:문경) 출간, 제14회 편운문학상(본상) 수상, 공주
장기초등학교 교장(3년)

2005년 제24시집 『이 세상 모든 사랑』(서울:일지사), 제25시집 『쪼끔은 보랏빛으로
물들 때』(서울:시학사), 산문집 『아내와 여자』(서울:푸른사상사) 출간

2006년 제26시집 시집 『물고기와 만나다』(서울:문학의 전당), 시선집 『오늘도 그대는
멀리 있다』(서울:고요아침), 시선집 『이야기가 있는 시집』(서울:푸른길), 『나태
주 시 전집』(전 4권, 서울:고요아침) 출간

2007년 제27시집 『새가 되어 꽃이 되어』(서울:문학사상사) 출간, 충남시인협회 회장
(2년), 한국시인협회 심의위원장(2년), 6개월간 대전을지대병원과 서울아산병
원에서 투병(병명은 담즙성 범발성 복막염과 급성췌장염), 공주 장기초등학교
에서 43년 교직 정년퇴임(황조근정 훈장 수훈)

2008년 시집 제28시집 『눈부신 속살』(서울:시학사), 산문집 『꽃을 던지다』(서울:고요
아침), 산문집 『공주, 멀리서도 보이는 풍경』(서울:푸른길) 출간

2009년 시화집 시집 『너도 그렇다』(대전:종려나무), 육필시집 『오늘도 그대는 멀리 있
다』(서울:지만지), 시선집 『오늘의 약속』(대전:분지), 사진시집 『비단강을 건너
다』(김혜식 사진, 서울:푸른길) 출간, 제41회 한국시인협회상 (시집 『눈부신 속
살』) 수상, 공주문화원장 당선(4년)

2010년 제29시집 『시인들 나라』, 한지활판시집 『지상에서의 며칠』(파주:시월), 산문집
『돌아갈 수 없기에 그리운 보랏빛』(서울:푸른길), 산문집 『풀꽃과 놀다』(서울:
푸른길), 공주문화원총서 『공주를 사랑한 문화예술인들』(서울:푸른길) 출간

2011년	제30시집 『별이 있었네』(서울:토담미디어) 출간
2012년	제31시집 『너를 보았다』(대전:종려나무), 제32시집 『황홀극치』(서울:지식산업사), 산문집 『시를 찾아 떠나다』(서울:푸른길), 사진시집 『계룡산을 훔치다』(서울:푸른길) 출간
2013년	제33시집 『세상을 껴안다』(대전:지혜), 사진시집 『풀꽃 향기 한 줌』(김혜식 사진, 서울:푸른길), 100인 시선집 『멀리서 빈다』(서울:시인생각), 산문집 『사랑은 언제나 서툴다』(서울:토담미디어), 시선집 『사랑, 거짓말』, 복간시집 『대숲 아래서』(대전:지혜) 출간, 제24회 고운문화상(수원대학교) , 2013년 자랑스런 충남인상(충청남도) 수상, 공주문화원장 재선(4년)
2014년	제34시집 『자전거를 타고 가다가』(서울:푸른길), 제35시집 『돌아오는 길』(서울:푸른길), 시선집 『울지 마라 아내여』(서울:푸른길), 시선집 『풀꽃』(대전:지혜), 복간시집 『누님의 가을』(대전:지혜), 산문집 『날마다 이 세상 첫날처럼』(서울:푸른길), 영역시집 『지상에서의 며칠』(최영의 번역, 서울:푸른길), 시화집 『선물』(윤문영 그림, 서울:푸른길), 윤문영 글과 그림 동화집 『풀꽃』(서울:계수나무) 출간, 제26회 정지용문학상(수상시집 『세상을 껴안다』, 지용회) 수상, 공주시청 도움으로 공주풀꽃문학관 개관하고 제1회 풀꽃문학상 시상(수상자 윤효 시인), 충남문화원연합회장 당선(3년)
2015년	제36시집 『한들한들』(서울:밥북), 시선집 『꽃을 보듯 너를 본다』(대전:지혜), 일역시집 『사랑하는 마음 내게 있어도』(서승주 번역, 서울:푸른길), 사진시집 『공주사람이 그리운 공주』(대전:문화의힘), 시선집 『지금도 네가 보고 싶다』(서울:푸른길), 시화집 『오래 보아야 예쁘다 너도 그렇다』(한아롱 그림, 서울:RH코리아), 산문집 『꿈꾸는 시인』(서울:푸른길), 제12회 웅진문화상(공주시) 수상, 제2회 풀꽃문학상 시상(본상 이재무 시인, 젊은시인상 안현심 시인)
2016년	제37시집 『꽃장엄』(서울:천년의시작), 시선집 『시, 마당을 쓸었습니다』(서울:푸른길), 시선집 『별처럼 꽃처럼』(서울:푸른길), 복간시집 『사랑이여 조그만 사랑이여』(대전:지혜), 산문집 『죽기 전에 시 한 편 쓰고 싶다』(서울:리오북스) 출간, 제3회 풀꽃문학상 시상(본상 김수복 시인, 젊은시인상 류지남 시인), 제24회 공초문학상(작품 『돌멩이』, 서울신문사) 수상
2017년	제38시집 『틀렸다』(대전:지혜), 아포리즘 『기죽지 말고 살아 봐』(서울:푸른길), 포토에세이 『풍경이 풍경에게』(서울:푸른길) 출간

1964 처음 신사복을 입고

1971 서울신문 신춘문예 시상식

1977 시집 출판기념회,
윤야중(중앙), 박용래 시인과

1979 흙의문학상 시상식, 정한모 선생과

1991 송수권, 이성선 시인과

1997 구상, 김남조 선생과

2005 이철수 판화가와

2006 이해인 수녀시인과

2013 공주문화원장실에서

2013 아내 김성예와